EL CAZADOR

Reuben Cole Westerns Libro No. 2

STUART G. YATES

Traducido por
JOSÉ GREGORIO VÁSQUEZ SALAZAR

Para Janice, como siempre, con todo mi amor.
También para Ray, de nuevo, que siempre ama un buen western.
¡Disfrútalo!

CAPÍTULO UNO

El Medio Oeste, 1875.

En esa última mañana, Charlie, como hacía la mayoría de los días, cavó en uno de los varios huertos que salpicaban los campos a los lados de la casa familiar. Pronto, si estos últimos cultivos resultaban tan exitosos como los anteriores, comenzaría a expandir el cultivo a campos enteros. Había traído consigo el arado que siempre había planeado usar en su pequeña propiedad en Kansas. La perspectiva de engancharlo a un equipo de caballos fuertes y hacer surcos en esta buena tierra fue por fin muy real. Cerrando los ojos, hizo una pausa en su trabajo y se permitió un momento para soñar un poco, saboreando la idea de establecer una buena granja. El trigo ya estaba bien y pronto habría patatas y cualquier número de Brasicáseas. El suyo no era un trabajo de amor, sino uno nacido por necesidad; sin estos cultivos, no habría comida para alimentar a su familia. El fracaso significaba que todos morirían. Esta tierra, virgen y sin cultivar, tenía que ser domesticada si quería renunciar a sus tesoros indudables. La vida en Kansas resultaba restrictiva, con una burocracia cada vez mayor que obstaculizaba las oportunidades de prosperar de verdad. Las oportunidades en el oeste continuaban atrayendo a aquellos que estaban dispuestos y eran capaces de esforzarse para tener éxito. Entonces, decidido a cumplir sus

1

aspiraciones, Charlie hizo las maletas y se dirigió hacia el oeste, con su esposa Julia, sus dos hijos y su hija de catorce años. Era un viaje que deberían haber hecho años antes, pero ahora que estaban aquí, el futuro parecía brillante. Todo lo que tenía que hacer era continuar con su trabajo hasta que se completara y los campos estuvieran listos. Entonces, con los músculos ya gritando, hundió la pala profundamente en el suelo y la giró antes de caer de rodillas para atacar las malas hierbas con un tenedor de mango corto.

Desde el interior de una de las dos habitaciones recién construidas de la cabaña de troncos, que aún olía dulcemente a madera recién cortada, el sonido de su esposa cantando llegó hasta él. Él sonrió. De vuelta en Kansas, ella había cantado en el coro de la iglesia y él sabía cuánto extrañaba su tiempo allí. Pero ella siempre había apoyado sus ambiciones, su tranquila fortaleza le daba ánimos cada vez que dudaba de sí mismo.

Al otro lado del campo de trigo, sus dos hijos estaban ocupados levantando la cerca que separaba su tierra de las llanuras interminables más allá. Media docena de años antes, el miedo constante a los ataques de los Comanches merodeadores significaba que tales esfuerzos no serían posibles. Ahora, internados de forma segura en sus reservas, los Señores de las Llanuras del Sur, ya no representaban una amenaza. Recientemente se filtraron noticias de que los Apaches continuaban luchando contra las fuerzas gubernamentales en el sur de Texas, pero todos se sentían seguros de que en poco tiempo incluso ellos estarían encerrados a salvo. Los murmullos de problemas continuos en el extremo norte causaron poca impresión en los que se asentaron en la tierra que limita con Nuevo México. Quizás eso deberían tenerlo en cuenta.

El tenedor golpeó algo duro e inflexible, por lo que Charlie volvió a usar la pala, colocando la hoja debajo de una piedra obstinada y sacándola del abrazo del suelo. Se tomó un momento para pasar el brazo por la frente, pero no permitió que el cansancio le apagara el ánimo. Pronto toda la familia estaría trabajando en la cosecha, poniendo fin a su primer año exitoso de agricultura. Como para subrayar la buena suerte con la que todos fueron bendecidos, la hija Ámbar pasó a la deriva, radiante. "Buenos días, papá", dijo, su voz era tan bonita como ella misma. Charlie sonrió en su respuesta y volvió a usar el tenedor en su asalto a la maleza.

Ámbar se acercó al pozo y bajó con cuidado el balde a las oscuras profundidades. Desde el interior de la cabaña de troncos, el sonido de Mary, su esposa, cantando a todo pulmón hizo de este día algo más que especial.

Un ruido distante, más un graznido que una voz humana, hizo que Charlie levantara la cabeza. Frunciendo el ceño, creyó ver movimiento en el horizonte. Polvo, el primer indicio de jinetes. Se puso de pie y soltó el aliento con fuerza. La constante flexión y enderezamiento le estaban pasando factura a las articulaciones, la única mancha en una vida familiar por lo demás perfecta. Se concentró de nuevo en la mancha marrón que flotaba en la distancia. Definitivamente caballos. ¿Quiénes podrían ser? Había oído rumores de inquietud entre algunos de los indios de las reservas, un anhelo de volver a los grandes días del pasado, cuando los Comanches vagaban por esta tierra antes de ser expulsados por la fuerza. Seguramente los días de violencia sin sentido se habían ido, enterrados junto con los muchos cientos, si no miles, que habían perdido la vida en ambos lados. La inquietud estaba provocando estallidos de luchas en el norte, ya que el descubrimiento de oro significaba que muchos más blancos estarían invadiendo el territorio indio. Renunció a una pequeña oración de agradecimiento por haber llevado a su familia a la relativa calma de Nuevo México. Establecer una pequeña parte al este le había dado suficientes habilidades y conocimientos para dedicarse a la agricultura en toda regla y, finalmente, parecía que las cosas estaban cambiando a su manera.

"¡Papá, Papá, por el amor de Dios, entra!"

Los dos jinetes estaban ahora completamente a la vista. No eran indios, sino sus dos hijos, cabalgando como si los mismos sabuesos del infierno les pisasen los talones, golpeando los flancos de sus caballos con sus sombreros, ambos muchachos con la cara roja, haciendo muecas. "¡Padre, trae los Winchesters!"

Charlie no podía entender bien por qué tanto alboroto. Se puso de pie y observó, un poco desconcertado, mientras los muchachos detenían sus monturas en estampida, arrojándose de sus monturas antes de detenerse por completo y corriendo hacia la cabaña. Escuchó a su esposa gritar: "Chicos, quítense esas botas sucias, no quiero..."

"¿Papá?"

Charlie se volvió hacia el sonido de la voz de su hija. Parecía asustada y él la miró de pie junto al pozo, la jarra llena, el agua cayendo por el borde. Ella miraba con la boca abierta algo más allá de su hombro. Cuando fue a seguir su mirada, una flecha la golpeó en la garganta y se quedó en silencio, con una expresión de horror abyecto en su hermoso rostro. Sabía que estaba muerta antes de que cayera al suelo, pero este conocimiento no ayudó a impulsarlo a la acción. En cambio, se quedó enraizado, incapaz de reaccionar. Escuchó el trueno de los cascos que se acercaban, pudo saborear el acre olor a sudor de caballo en la parte posterior de su garganta, pero sus miembros no respondieron. Al darse cuenta de que los forasteros estaban invadiendo su tierra, empeñados en destruir todo lo que amaba, de alguna manera se las arregló para apartar la mirada de la pesadilla ante sus ojos y notó que el guerrero semidesnudo saltaba de su caballo que aún corría para estrellarse contra él. Esquivando por debajo del temible y poderoso indio, Charlie hizo todo lo posible para evitar un golpe de un hacha parpadeante. Pero incluso mientras se retorcía y agarraba la muñeca de su atacante, una ráfaga de fuego estalló en su costado. El indio lanzó un grito de triunfo, escupió saliva de su boca enloquecida y haciendo muecas, blandiendo el cuchillo que goteaba sangre. La sangre de Charlie.

Desde algún lugar, unas manos fuertes y ásperas lo agarraban por los hombros y lo arrastraban por el suelo. Escuchó un disparo, gritos. Los gritos de su esposa. Llantos y gemidos de dolor.

Quienes lo sujetaban lo arrastraron hacia el interior y vio, a través de una niebla de dolor, cómo destripaban a sus apuestos y fuertes hijos, manoseaban y abofeteaban a su esposa, guerreros balando llenando su otrora hermosa casa, su desnudez era una abominación para sus ojos.

Lo levantaron y lo obligaron a mirar. En algún momento dentro de los horrores que se sucedieron a su alrededor, perdió el conocimiento, solo para ser despertado de nuevo con un puñetazo, rostros sonrientes asomando cerca, cuchillas calientes cortando su carne. Querido Dios, ¿nunca terminaría mientras esos monstruos bailaban y gritaban entre la sangre?

Mucho después, los cazadores blancos despacharon a los pocos guerreros que holgazaneaban detrás de sus camaradas. Cougan pagó la intervención con su vida y lo enterraron junto con los demás. Sterling Roose dijo algunas palabras, pero Reuben Cole, que estaba en el patio y miró en dirección a los Comanches que huían con los caballos robados de Charlie, apenas oyó una palabra. "Les haré lo que le hicieron a esta pobre gente", dijo con los dientes apretados y lágrimas en los ojos. Su compañero Roose contuvo el aliento. "Tendremos que informar a la tropa", dijo, con la voz distante, toda la fuerza arrebatada.

"Ve tú", dijo Cole, recargando su rifle. "Dile al teniente lo que sucedió aquí y haz que un escuadrón explore en un amplio arco, advirtiendo a otros colonos lo que podría suceder. Mientras tanto, los desviaré. Alcánzame tan pronto como puedas".

Cole fue a alejarse, pero Roose lo retuvo del brazo. "No puedes tomarlos solo, Reuben. Por el amor de Dios..."

Cole dirigió su mirada hacia su compañero. "Puedes apostar tu dulce vida a que sí puedo, Sterling".

Dicho esto, regresó por donde había venido, desató su caballo y montó.

Roose vio a su amigo irse y supo que para aquellos guerreros que huían, todas las furias del infierno pronto serían desatadas sobre ellos. Lo había visto antes y sabía muy bien de lo que era capaz Reuben Cole.

Mientras estaba de pie, sus ojos nunca dejaron de ver la figura de Cole que se desvanecía lentamente. Recordó la primera vez que había sucedido y un escalofrío lo recorrió mientras los recuerdos se agitaban en su mente. Habiéndolo visto eso antes, agradeció a Dios que no sería testigo de lo que haría Cole cuando se encontrara con esos asaltantes Comanches.

CAPÍTULO DOS

Algunos años antes

Hyram Clay era un hombre grande, lento para enojarse, pero también lento en reacciones. El primer puñetazo le rompió la mandíbula a pesar de estar bien telegrafiado, y se tambaleó hacia atrás, impresionado por el peso del golpe y el tamaño del hombre negro acercándose a él.

"No soportaré más tus insultos", dijo Cougan, flexionando los hombros y golpeando con el puño derecho las costillas de Clay. El gran hombre dejó escapar el aliento de su boca y un gancho de izquierda lo dejó en el suelo donde se sentó de espaldas, mirando con aturdida incredulidad la sangre que goteaba entre las grietas de las tablas de madera.

"Maldita sea, seguro que él es algo", dijo Sterling Roose desde donde estaba sentado, con las largas piernas estiradas debajo de la mesa de juego. Los dos hombres de enfrente, con las cartas pegadas a la cara, apenas murmuraron una respuesta. Alrededor de diez dólares estaban esparcidos sobre la mesa frente a ellos y ninguno de los dos estaba dispuesto a correr el riesgo de que nada de eso se esfumara.

"Ese Clay se lo merecía", continuó Roose, ahora casi para sí mismo. "Una persona más arrogante y egoísta como ninguna que he conocido".

"Cougan es un bastardo ignorante", dijo inesperadamente uno de los jugadores de cartas, hojeando su mano. "Preferiría que fuera él quien escupiera los dientes".

"Yo también", dijo su compañero, frunciendo el ceño ante su propia mano. "Veré tus cincuenta centavos y aumentaré otros cincuenta".

"Dispara", siseó Roose, mirando hacia el espacio vacío junto a su codo. Todo su dinero se había ido y un vistazo rápido a su mano confirmó que habría estado buscando una buena victoria si hubiera tenido los medios para cubrir la apuesta de su oponente. Arrojó sus cartas. "Estoy fuera".

"Qué vergüenza", dijo el hombre de enfrente, sonriendo mientras su compañero cubría la estaca y dejaba sus cartas. "Un par de seis".

Riendo, el otro extendió su propia mano y sonrió. "Dos pares". Roose gimió por dentro. Podría haber golpeado cualquiera de las dos manos. Miró hacia arriba para ver a Cougan tomando a Clay por el cuello y poniéndolo en pie. Una estocada de su cuello de toro y su frente se conectó con la nariz de Clay, el sonido audible del hueso envió un temblor a través del escroto de Roose. Clay gritó y Cougan lanzó un gancho de izquierda y todo terminó, Clay se derrumbó inconsciente y ensangrentado en el suelo del bar.

Una mano presionó el hombro de Roose, lo que hizo que saltara alarmado. Su mano ya estaba alcanzando el Colt de Caballería en su cintura cuando vio quién era e inmediatamente se relajó.

Reuben Cole se sentó en la silla junto a su amigo. "Estás tenso".

"Acabo de ver a Cougan desarmar al mono Clay, así que estaba un poco preocupado".

Asintiendo con la cabeza, Cole miró fijamente al gran hombre negro que, después de haber derribado a Clay, ahora estaba ocupado hurgando en los bolsillos del hombre. "Parece que fue una especie de rencor".

"Ambos son malos".

"Y peligrosos". Cole lanzó una mirada cáustica sobre los dos jugadores de cartas opuestos. "Sterling, el Capitán Phelps quiere hablar con nosotros sobre un rumor cerca de la frontera. Caballos del ejército. No está impresionado y quiere que traigan a los perpetradores y los cuelguen públicamente en el patio de armas del fuerte".

"Debería ser un gran cambio para la rutina semanal de Harper".

"Curiosamente, creo que está planeando precisamente eso".

"Lleno de risas está nuestro capitán Phelps".

"Está lleno de ácido estomacal y un terrible sarpullido en el cuello. Por lo tanto, no está de muy buen humor".

Los dos abandonaron el bar, notando que Cougan se movía hacia el mostrador para pedir un whisky grande con el dinero extraído del bolsillo del pecho de Clay. Sin duda, pronto seguirían más problemas.

Los dos exploradores se quitaron el polvo de las botas y subieron los escalones que conducían a la oficina del capitán y saludaron con un leve movimiento de cabeza al guardia que estaba afuera. El joven soldado se puso rígido, torció su cuerpo y dio un ligero golpe en la puerta. Una voz ronca desde dentro invitó a sus visitantes a entrar.

Era una oficina grande y bien ordenada, que olía a roble y humo de cigarro. El roble procedía de un amplio escritorio y varios armarios dispuestos contra las paredes. El aroma a tabaco emanaba del grueso puro que el capitán Phelps masticaba mientras se inclinaba sobre un gran mapa extendido frente a él. Llevaba una camisa gris bien arrugada, pantalones de uniforme sujetos con tirantes anchos. En su silla, colgando de un brazo, estaba su chaqueta militar. Cuando los dos exploradores se acercaron y juntaron los talones, los escudriñó bajo sus cejas pobladas. Se rumoreaba que era un hombre grande que una vez peleó con el boxeador de peso pesado Tom Allen. Su nariz rota y su rostro lleno de cicatrices le daban a la historia un peso considerable.

"Caballeros", dijo el capitán, haciéndoles señas para que se acercaran, "tenemos una situación y necesitamos arreglarla tan pronto como sea físicamente posible".

Los dos exploradores se movieron para flanquear al oficial de anchos hombros. El mapa cubría la parte norte de Nuevo México y su frontera con Colorado.

"Más allá de Willow Springs", continuó Phelps, "es un puesto comercial medio abandonado, uno de los muchos a lo largo del antiguo sendero de Santa Fe. Recientemente se convirtió en una estación de agua para el ferrocarril. Hace poco más de una semana, una locomotora se detuvo para recargar su caldera. Junto a ella había tres carruajes del ejército de los EEUU con una treintena de caballos traídos desde Denver. Había un pequeño grupo de soldados que custodiaban el cargamento, ya que nadie pensó que alguien se atrevería a secuestrarlo".

"Pero alguien lo hizo", dijo Cole.

"Había seis guardias. Cuatro murieron a tiros y un quinto resultó herido. El sexto, un intrépido soldado llamado Parrott logró escapar y dio la alarma. Se dirigió hasta aquí y reparó su falta. Es un milagro que haya hecho lo que hizo o es posible que no hayamos sabido del robo durante semanas".

"¿Estaba gravemente herido?"

Phelps se encogió de hombros. "No lo sé y no me importa. Es a los ladrones de caballos a quienes el gobierno quiere, Cole".

"¿Qué pasa con el conductor del tren?"

Phelps exhaló una espesa nube de humo y enderezó la espalda, con la mirada fija en Roose. "También le dispararon, junto con el fogonero y el guardafrenos".

Roose frunció el ceño y miró el mapa. "¿Indios?"

"Lo dudo. Las reservaciones no han informado de ningún brote". Phelps apretó los dientes contra el cigarro y se pasó los dos pulgares por los tirantes. "Se trata de un grupo de individuos despiadados que se han escapado con caballos del Ejército con el fin de venderlos. Creemos que los están llevando hasta la frontera con México".

"¿Para venderlos a los mexicanos?" Roose lanzó una mirada hacia Cole. "Parece un poco extremo, ¿no crees? ¿Qué podrían traer treinta caballos? Doscientos dólares por cabeza, si son purasangres".

"Oh, son más que eso, Roose", dijo Phelps. "Son reproductores. Sementales. Lo que tienes aquí es la base de un regimiento de las mejores malditas monturas de caballería que esta parte del mundo haya visto jamás".

Roose silbó. "No es de extrañar que el Ejército los quiera de vuelta".

"Quieren que vuelvan, pero quieren aún más a los hombres que hicieron esto. Debes traerlos, vivos, para colgarlos aquí en el fuerte".

"Espera un poco", dijo Cole lentamente. "Claramente no son un grupo de aficionados y deben haber tenido alguna información privilegiada para saber que el tren estaba lleno de reproductores de primera".

"De hecho", dijo Phelps.

"Entonces, ¿de cuántos hombres estamos hablando?"

"Nuestro testigo dijo que había al menos diez de ellos".

"Diez. Asesinos todos".

"Eso parece".

"¿Y quieres que nos enfrentemos a diez forajidos armados y muy capaces?"

"No puedo pensar en nadie más que pueda tener éxito en tal esfuerzo, Cole".

"Bueno, eso es muy amable de su parte, Capitán, pero ¿cómo demonios espera que traigamos *vivos* a diez de esos individuos?"

Te voy a dar seis buenos hombres, Cole. Todo lo que necesitas hacer es encontrar su rastro y cazarlos".

"Ya veo..." Cole pensó por un momento. "Entonces, este sobreviviente, el llamado Parrott, ¿sabía qué camino tomaron?"

"Más o menos".

"¿No sospecha que él es el informante, capitán? Quiero decir, suena increíblemente fortuito que él deba sobrevivir, sepa cuántos había y en qué dirección se fueron".

"Dios santo, Cole. Eso es lo que es".

Terminada la entrevista, Cole y Roose salieron dando traspiés a la cegadora luz del sol. Entrecerrando los ojos el uno hacia el otro, ambos soltaron largos suspiros. Cole fue el primero en hablar.

"¿Creíste una sola palabra de esa tontería?"

"No estoy seguro de qué creer, Cole. El capitán, Él es..." Sacudió la cabeza, con los ojos bajos como si se resistiera a encontrar la mirada helada de Cole. "Lo conoces desde hace más tiempo que la mayoría".

"A la distancia, Sterling. Nunca he partido el pan con él, ni he sentido la necesidad de hacerlo".

"¿Por qué no?"

"Se rumorea que estuvo con uno de esos escuadrones renegados que se enfurecieron con Anderson en Kansas durante la guerra. Una vez lo escuché hablar de Jesse James, cómo lo conoció, se convirtió en una especie de amigo. Me hace preguntarme si un hombre así podría alguna vez dedicarse a asuntos legales".

"Entonces, ¿lo conociste en la guerra?"

"Digamos que aprendí algunas cosas, la mayoría desagradables. Después de la guerra, sé que se unió al ejército de alguna manera logrando mantener su pasado en secreto. Pero tiene una gran boca y ha sido conocido, durante los períodos de borrachera, por hablar sobre Anderson y James. Cuando estaba con Terrell cazando a esos guerrilleros, nunca me encontré con él. Eso fue más tarde".

"Dios, Cole, ¿crees que está involucrado en algo ilegal...? ¿Como robar caballos, por ejemplo?" Roose se frotó la barbilla y se perdió en sus pensamientos por un momento. "¿Quizás fue él quien puso a Parrot en el robo del ferrocarril?"

"Quién sabe. Todo lo que sé es que las órdenes son órdenes y mientras estemos empleados por el ejército de los Estados Unidos, eso es lo que hacemos".

"Sí, pero ¿podemos confiar en él?"

"La confianza no tiene mucho que ver con eso, Sterling". Exhaló un largo suspiro. "Si podemos seguir el rastro de los ladrones de caballos y los hombres que tendremos cabalgando con nosotros son buenos, entonces podríamos..."

"Cole, independientemente de quién venga con nosotros, es una misión suicida".

"Cierto. Dejando a un lado lo que acabas de decir, si Parrot, este supuesto informante, les dio información a los ladrones, está obligado a saber quiénes son los ladrones. Lo alcanzamos, sabremos contra quién nos enfrentamos".

"Probablemente se les proporcionó todo tipo de valores, como un pequeño ejército de Federales esperando para ayudarlos".

"Los Federales no cruzarán la frontera".

"Es cierto, pero ¿cómo vamos a detener a esos ladrones de caballos antes de que crucen el Río Grande?"

"Hablando con el hombre que les dio la información en primer lugar". Él se rió. "No tenemos que ser genios para averiguar quién fue".

"Creo que tienes razón: es Parrott, el soldado superviviente. Pensé eso cuando Phelps lo mencionó por primera vez, pero ¿cómo podría un soldado humilde tener ese tipo de información? E incluso si lo hiciera, ¿cómo podría ser lo suficientemente sofisticado para elaborar un plan así en primer lugar?

"Creo que tienes razón, Sterling, pero, como dije, también creo que él podrá indicarnos la dirección correcta, así que hagamos una visita al médico y veamos qué tan graves eran las heridas de Parrot".

CAPÍTULO TRES

"Oh, sí, estuvo aquí", dijo el cirujano del Ejército, un hombre conocido por estar más conectado con una botella que con su profesión. Estaba de pie, con ropa interior larga y chaleco sucio, descalzo, sirviéndose café de una olla de metal estropeada, en una gran taza de hojalata. Cole notó cómo la mano del hombre temblaba mientras se llevaba la taza con cuidado a los labios agrietados y sorbía café humeante en la boca.

"¿Estuvo?" Sterling intercambió una mirada rápida con su amigo. "¿Cuánto tiempo hace que se fue?"

"No puedo decirlo con precisión". El cirujano chasqueó los labios y se acercó a su desordenado escritorio. Los dos exploradores estaban de pie en un quirófano descuidado y desorganizado, que apestaba a algo desagradable. Cole supuso que podría ser una mezcla de orina y vómito. Ciertamente esperaba que no fuera lo que el cirujano usaba para limpiar el desorden después de sus operaciones. Una cama hundida a lo largo de la pared del fondo estaba teñida de rosa, y una pila de instrumentos manchados de sangre en un líquido inmundo descansando sobre un taburete de tres patas al lado. El cirujano captó la mirada perturbada de Cole y se rió a carcajadas. "Tuve que ver a un joven cabo esta mañana, un caballo que se suponía que debía cuidar lo pateó en las tripas".

Roose Sterling se aclaró la garganta. "¿Siguió con vida?"

El cirujano sonrió ante el tono de incredulidad de Sterling. "Usé una de esas nuevas técnicas de costura elegantes de Inglaterra. Habían estado hablando de hacer que el intestino fuera antiséptico. Se supone que algún personaje llamado Lister ha desarrollado técnicas que impiden que las personas se infecten durante y después de la cirugía. De todos modos, lo probé, empapando el hilo quirúrgico en ácido carbólico. Tuvo una hemorragia interna, ¿sabe? Era terrible el estado en el que se encontraba".

Sterling Roose dejó escapar un suspiro tembloroso. "Sí, pero como dije, ¿siguió con vida?"

"Hasta ahora. ¿Usted quiere verlo?"

Sterling palideció ante la idea. "Este... No ahora, gracias".

Riendo, el cirujano se desplomó en su silla. "En cuanto a Parrot, dudo que lo encuentres en el puesto. Me estaba hablando de regresar a casa, pero por la forma en que corrió hacia la caballeriza, dudo que estuviera diciendo la verdad".

"¿Cómo se veía?" Preguntó Cole.

"Con mucho temor. Ojos salvajes, locos, bailando por todo el lugar como si esperara que lo visitara algún horror".

"¿Horror?" Sterling rodó su hombro, luciendo incómodo, disparando sus ojos hacia la puerta abierta de la consulta. "¿Qué tipo de horror?"

"Nada del tipo fantasmal," respondió el cirujano, riendo para sí mismo de nuevo. Parecía divertirse mucho en casi todo lo que sucedía a su alrededor, un hecho que Cole encontraba irritante.

"¿A dónde cree usted que se dirigió?" preguntó Cole. "Usted dijo que él mencionó su casa".

"Me gana. No estoy seguro de que tuviera un lugar en particular adonde ir. No era de por aquí, como sin duda ya ustedes lo saben. Se escapó de ese ataque en el tren de caballos lo más rápido que pudo, fue recogido por una patrulla un par de millas al norte y traído aquí para dar su testimonio".

"Lo que tomó como cierto el capitán Phelps", dijo Roose, más una declaración que una pregunta.

"En efecto".

"Lo mejor es preguntar en los barracones", sugirió el cirujano. "Alguien podría haber escuchado algo. El único lugar que me mencionó fue Willow Springs".

"Dudo que regrese de esa manera, pero gracias de todos modos". Cole señaló con la cabeza los diversos instrumentos quirúrgicos dispuestos sobre la cama de espera, la sangre seca cubría la mayor parte del metal desnudo. "Que tenga un buen día".

Al salir a la luz del día, Cole se detuvo ante el acto de liar un cigarrillo, con la mirada fija en el frente mientras un sargento de caballería caminaba resueltamente por el patio de armas hacia ellos.

"Ese es Burroughs", dijo Roose en voz baja. "Sargento Segundo de Tropa".

El sargento, grande y de aspecto poderoso, se puso en posición de prudencia y saludó rápidamente, prestando la mayor parte de su atención a Cole mientras hablaba. "Lo acompañaré en la búsqueda de los ladrones de caballos, señor Cole. Los hombres han sido reunidos, se están ensillando a los caballos y empacando las provisiones. El capitán Phelps dijo que se moverían hacia la frontera con México, por lo que tendremos que irnos de inmediato".

"He estado pensando que podría hablar con este Parrott primero, y así averiguar un poco más sobre quiénes son estos ladrones".

Burroughs frunció el ceño, luciendo confuso. "Parrot ha abandonado el fuerte, señor Cole. Se dirige a un pequeño pueblo llamado Rickman City".

"Eso es interesante", dijo Cole. "¿Cómo sabe usted eso?"

Burroughs se encogió de hombros. "Le dijo a prácticamente

todo el fuerte antes de irse. Sus heridas no eran más que unos pocos rasguños, y probablemente las sacó de las zarzas entre las que se escondió mientras la escoria asesina escapaba con los caballos".

"¿Habló usted con él extensamente?"

"No. ¿Por qué habría de hacer eso?" Burroughs volvió su expresión de mirada de dolor por el camino por el que había venido. "Deberíamos irnos. Ya tienen tres días de ventaja sobre nosotros".

"Está bien, sargento", dijo Cole. "Nos veremos en la entrada. Diez minutos".

Otro saludo y Burroughs giró sobre sus talones y se marchó.

"¿Qué estás pensando ahora, Cole?"

Sonriendo hacia su amigo, Cole terminó de hacer su cigarrillo, lo encendió e inhaló profundamente.

"No habló mucho con Parrott y, sin embargo, sabe adónde fue y que no resultó gravemente herido".

"¿Y qué con eso?"

"Me sorprende que nuestro buen sargento haya tenido una conversación con Parrot. Interesante, ¿no te parece?"

"No veo que nada de eso importe, Cole, pero me hace sentir incómodo".

"A mí también".

"Todo lo que sé es que tengo un sentimiento incómodo en mi espalda por todo esto. Cuando hacemos una pregunta, esquivan la respuesta. Me hace sentir que nos están presionando para hacer este trabajo rápido".

"Estoy de acuerdo, Sterling. Pase lo que pase, tendremos que estar en guardia, eso es seguro".

CAPÍTULO CUATRO

Roose dejó que sus ojos recorrieran a los hombres que formarían parte del grupo que se uniría a él y a Cole. El indio de aspecto demacrado apoyado en una barandilla fue el único que lo llenó de confianza. Se había presentado como Oso Pardo y cuando escuchó el nombre de Cole, sus ojos se iluminaron. "¿Reuben Cole?" preguntó emocionado.

"¿Lo conoces?"

"De hace años, cuando ambos éramos jóvenes".

"Muy bien entonces". Sonriendo, Roose se fue a buscar al sargento.

Burroughs apenas pudo ocultar su irritación cuando Sterling Roose le informó de la partida de Cole hacia el norte. "Tiende a hacer las cosas a su manera", explicó Roose, sosteniendo la mirada del sargento.

"Pero tenemos *órdenes*, ¿o no crees en esas cosas?"

Roose miró hacia otro lado, no deseando entrar en un debate sobre la moralidad de seguir órdenes que no tenían sentido. "Oh, estoy seguro de que nos alcanzará cuando esté listo".

"¿Hacia el norte dijiste? ¿Qué parte del norte?

"¿Quién sabe? Como dije, tiende a hacer las cosas a su

manera. En cuanto a nosotros, sargento, sugiero que nos dirijamos hacia donde podrían haber ido esos ladrones".

Tragándose cualquier comentario adicional, el sargento Burroughs ordenó a sus hombres que avanzaran y el pequeño grupo de hombres uniformados salió lentamente de la entrada del fuerte.

Roose se volvió hacia el explorador Shoshone que conocía a Cole. "Espero que Cole sepa lo que está haciendo".

"Por lo general él sabe lo que hace", dijo Oso Pardo, su rostro era una máscara, inescrutable.

El grupo de puso en marcha.

Atravesando la llanura árida, hicieron un buen progreso, los hombres decididos, alertas y profesionales, que era exactamente lo que le gustaba a Roose. Quería hombres que estuvieran bien acostumbrados a viajar por las llanuras, hombres que pudieran manejar el hecho de acampar bajo las estrellas y que estuvieran alerta al peligro. Esta seguía siendo una tierra salvaje e indómita, con o sin los Comanches.

El movimiento interrumpió sus pensamientos y Roose se tensó cuando el sargento se acercó, respirando con dificultad. "Sé que dijiste que el señor Cole hace las cosas a su manera, pero debes tener alguna idea de cuánto tiempo estará ausente".

Roose giró en su silla, el fuerte ya no era más que una mancha en el horizonte. "Sólo él lo sabe", dijo y volvió a mirar al frente.

"Pensé que era tu amigo"

"Lo es, pero Cole hace las cosas a su manera. Cuando tiene la mordida entre los dientes, no hay mucho que nadie pueda hacer para desviarlo de su camino".

Burroughs gruñó pero permaneció callado por el resto de ese día.

A la mañana siguiente de su viaje, mientras Roose frotaba su caballo, tanto el hombre como el animal temblaban en el aire helado, revisó dos veces a los soldados que se levantaban de debajo de sus mantas. Los contó y frunció el ceño. Ajustándose los tirantes del pantalón, Burroughs vio la mirada de Roose cuando se acercó: "Envié a dos de ellos de regreso al fuerte".

"¿Ah, sí? ¿Por qué usted haría eso?"

"Olvidamos los bizcochos y la harina. Solo tenemos algo de sémola para el desayuno de esta mañana".

Roose observó la ancha espalda del sargento mientras deambulaba hacia el arroyo cercano al lado del cual habían acampado la noche anterior. Algo no se sentía bien. Le costaba creer que alguien tan experimentado como Burroughs olvidara esos elementos esenciales. Esa sensación incómoda que recorría su espina dorsal empeoró.

CAPÍTULO CINCO

La única calle estrecha y llena de baches de Rickman City, silenciosa, lúgubre y dormida, serpenteaba delante de él. Cole estiró la espalda y se inclinó hacia adelante para pasar la mano por el cuello de su caballo. Calculó la hora en poco más de las seis, tomando sus cálculos del sol naciente que se asomaba lentamente sobre la cima de las montañas distantes al este. Esperaba que la ciudad comenzara a despertar en breve, que los ciudadanos emergieran y comenzaran con sus rutinas diarias. También dudaba que las cifras fueran tan grandes. Todo el pueblo tenía un vacío que le hablaba de abandono mezclado con mucha tristeza.

Fue a espolear a su caballo cuando una figura le llamó la atención. Un hombre, de edad indiscernible, de pie en el porche de lo que podría haber sido su casa. Vestido con pantalones largos, tenía una pistola de seis tiros enfundada con un cinturón alrededor de su escuálida cintura y, encima de su cabeza, un enorme sombrero coronado, maltrecho y manchado de sudor. A unos cincuenta pasos de donde Cole estaba sentado, sus ojos lo contemplaban sin pestañear y con cautela. Cole se inclinó el sombrero y movió su caballo por la calle.

A los pocos pasos, Cole decidió que este ciudadano solitario podría ser el mejor lugar para comenzar, por lo que suavemente acercó su caballo hacia él. A medida que se acercaba, vio la edad del hombre, la cara arrugada y enrojecida, la piel expuesta en los brazos y el pecho endurecido como el cuero por el sol implacable.

"Buenos días", dijo Cole, tirando de las riendas a una media docena de pasos de donde estaba el anciano, inmóvil. Su respuesta fue la más mínima inclinación hacia adelante de esa cabeza escarpada. "Me pregunto si podría indicarme la dirección del sheriff".

El hombre permaneció inmóvil como una baqueta hasta que, por fin, respiró hondo, volvió el rostro a la izquierda, carraspeó y escupió en el suelo frente al porche. "No tenemos uno".

"Ah. ¿Alguacil, entonces?"

"No".

"¿Algún tipo de funcionario legal?" Una mirada ausente fue la única respuesta. Cambiando su peso en su silla, Cole suspiró. Estaba claro que no iba a obtener nada significativo de este individuo curioso y antipático, así que, encogiéndose de hombros, se movió para alejar a su caballo.

"La de Rickman, es la única ley que hemos tenido", la voz del hombre crepitó. "La única ley que hemos necesitado".

Cole, animado por este cambio repentino, se detuvo. "¿Rickman? ¿Sería él quien le dio su nombre a este pueblo?"

"Él mismo fue".

"Entonces, ¿dónde podría encontrarlo?"

"Hacia allá". Un brazo delgado, casi esquelético se levantó, con un dedo huesudo apuntando más allá del hombro de Cole hacia la ladera detrás de él. Cole siguió la dirección.

"¿Tiene una casa allá arriba?"

"No. Está en el cementerio. Muerto".

Sin estar seguro de si esto era un intento de humor o no, Cole hizo una mueca. Estaba a punto de perder la paciencia con este hombrecillo molesto, que claramente era el idiota local, con el cerebro confundido, sin duda deambulando aturdido durante las primeras horas. "Bueno, gracias por su ayuda".

"Podrías probar con su hijo".

Sin hacer caso de él, Cole tocó el ala de su sombrero, pateó el costado del caballo y se alejó calle abajo.

"Antes de que todos se muden de aquí", llegó la voz del anciano, elevada una fracción por encima del quejido crepitante que había usado para sus anteriores declaraciones.

Intrigado, a pesar de su molestia latente, Cole se detuvo y miró. "¿Todos se fueron adónde?"

"Se están marchando. Como todos los demás".

"Está bien. Está claro que le encanta contar un cuento, así que le complaceré. ¿Por qué se están marchando?"

La boca del hombre se quebró en una amplia sonrisa desdentada. "La plata se acabó. ¿Por qué más?"

"Ah, entiendo, por supuesto".

La primera chispa de interés iluminó el rostro del anciano. "¿Sabes lo de la plata?"

"¿No todos lo saben?"

"Bueno, pensé..." Sus ojos se entrecerraron. "¿Estás bromeando conmigo, extraño?"

"¿Yo burlarme de usted? Creo que lo ha entendido todo retorcido, veterano".

"Si me estás tomando el pelo", golpeó la pistola enfundada, "es mejor que sepas que serví en la Guerra de México. He visto morir a hombres. Muchas veces".

"Eso lo creo, y en mi defensa, déjeme asegurarle que no le estoy tomando el pelo. La mayoría de los pueblos fantasmas en estas partes son el resultado de vetas que se agotan, ya sean de plata o de oro. Este pueblo no está del todo desierto todavía, o de lo contrario no estaría usted aquí, ¿verdad?" Asintió con la cabeza hacia el arma. "Y estoy seguro de que puede manejar eso tan bien como cualquier Jesse James o algo así".

"Jesse James no es un hombre con el que me gustaría estrechar las manos".

"Bueno, en eso mi buen señor, tiene mucho para sentirse orgulloso".

"¿Lo conoces?"

La pregunta hizo que Cole se echara hacia atrás, sorprendido. "Algo".

"¿Es socio tuyo?"

"No iría tan lejos. Me he encontrado con muchos desesperados en mi tiempo, incluido él. Soy un explorador del ejército, empleado para guiar a las tropas a través del Territorio y actualmente estoy buscando a un individuo que se ha fugado del puesto".

"Ya veo".

"Supongo que, a medida que la ciudad está muriendo lentamente, no habrá ningún lugar donde pueda encontrar un refrigerio".

"Podrías probar el hotel en la calle principal. No todo el mundo se ha ido todavía".

"Bueno, eso es muy amable de su parte". Volvió a inclinarse el sombrero. "Gracias".

Se dio la vuelta, consciente de los ojos del anciano clavados en él, pero decidió no mirar atrás.

Cole bajó por la calle, una extraña sensación de vacío filtrándose en su interior. El encuentro con el anciano lo había dejado tanto perturbado como confundido. Nada de eso se sentía bien. En este lugar tan silencioso como la muerte, donde nada se movía, ni siquiera la brisa, ¿por qué ese anciano estaría parado ahí, a medio vestir, casi como si estuviera esperando? Su forma cortante de hablar, ese tono medio burlón, poniendo a prueba la paciencia de Cole, empujándolo hacia... ¿Hacia qué? ¿Una reacción violenta? ¿Cuál sería la razón?

Mordiéndose el labio inferior, Cole dirigió su caballo hacia un edificio de tres pisos, exterior recién pintado, el letrero declaraba con orgullo que este era el "Hotel Beacon". Atando su caballo, sacó su rifle de repetición Henry de su vaina y subió los escalones hacia la puerta principal.

Movió la manija. La puerta permaneció firmemente cerrada.

Presionó la cara contra el cristal y miró hacia el interior turbio. Incapaz de distinguir nada excepto los fantasmas de los sillones y un pequeño mostrador de recepción, golpeó la ventana con la mano enguantada, dio un paso atrás y miró hacia arriba.

Algo, tal vez una figura mirándolo desde una de las habitaciones, se perdió de vista. Cole levantó la voz, "Hola. Necesito una habitación para pasar la noche..." Esperó, pero al no recibir respuesta, golpeó la puerta una vez más antes de girarse.

El anciano se quedó allí, haciendo que Cole se sobresaltara un poco. Ahora vistiendo pantalones limpios y camisa a cuadros azules, el hombre parecía más presentable. Sus ojos también cambiaron, más brillantes y más alertas. La pistola, en su cadera, ahora estaba atada, su mano derecha colgando libremente a su lado, dando la apariencia de una preparación casi indiferente.

"¿Qué es lo que quiere, señor?"

Cole estudió al anciano con los ojos entrecerrados. "Simplemente un lugar para quedarme. Se lo dije. Estoy de paso, eso es todo, pero necesito un momento para descansar, tomar un baño, tal vez recuperar un poco de sueño".

"¿Está de paso?"

"Eso fue lo que le dije".

"¿Nada más?"

"Podría ser. ¿Qué puede importarle eso a usted?"

"Yo soy el sheriff".

Cole casi se rió a carcajadas, disimulando su diversión con un ladrido de tos. Aclarándose un poco más la garganta, dijo con el puño presionado contra su boca: "Nunca me lo dijo".

"No preguntaste".

"Bueno... Recuerdo haber preguntado si había un sheriff".

"Quizás omití decirte que nuestro sheriff está retirado. Hasta ahora, eso es".

"Muy bien, ahora que sé quién es el sheriff, tal vez pueda ayudarme".

"¿Con tu paso?"

"Sí... Podría ser que me pueda dar la información que necesito". Sonrió, pero su rostro se congeló cuando aparecieron otros dos, emergiendo de ambos lados del hotel. Cada hombre sostenía un Winchester dirigido infaliblemente hacia él. "Iba a decir que tal información me enviaría en camino, pero veo que usted tiene otros planes".

"Así es", dijo el anciano, acercándose. "Tomaré tus armas si no te importa".

La sentencia fue puntuada por las palancas de Winchester trabajando una nueva ronda en las brechas. Sin más remedio que obedecer, Cole levantó lentamente los brazos y el anciano tomó el Henry primero, seguido por el Colt de Caballería. Sacó el revólver suavemente de la funda en ángulo hacia adentro en la cadera izquierda de Cole.

A una señal del viejo sheriff, uno de los pistoleros se acercó y tomó las armas de Cole. "Ahora", dijo el viejo alguacil, "tal vez podrías decirme cuál es exactamente esa información que necesitas".

"Creo que tengo la intención de dejar eso para mí mismo..." Cole sonrió de nuevo. "Si no le importa".

Asintiendo, el sheriff miró al hombre mucho más joven y alto que sostenía las armas de Cole. Él gruñó, "Eso es una lástima", luego golpeó con fuerza el puño derecho en la cara de Cole, haciendo que el explorador del ejército se tambaleara hacia atrás. Desequilibrado, tropezó con los escalones del hotel y cayó de espaldas, jadeando.

No le tomó más que un parpadeo recuperarse, el golpe no fue tan poderoso. Fue la sorpresa lo que lo aturdió. Ahora, con la niebla roja cayendo sobre sus ojos, comenzó a ponerse de pie, con los puños apretados. Uno de los pistoleros se adelantó para bloquear su avance. Deslizándose bajo su brazo extendido, Cole aterrizó su puño sólidamente en las entrañas del hombre, doblándolo como una navaja. El segundo pistolero, sin embargo, le dio a Cole mucho más respeto y usó su Winchester para golpear al explorador en el estómago. Una ráfaga de aire brotó de lo profundo de él cuando Cole se lanzó hacia adelante. Un violento golpe hacia arriba de la acción acabó con cualquier esperanza de resistencia y volvió a caer, pero esta vez, con la cabeza dando vueltas, no hizo ningún esfuerzo por levantarse. No pudo.

Vagamente consciente de unas manos ásperas que lo levantaban por debajo de las axilas, Cole colgaba impotente de su agarre. Desde algún lugar se abrió una puerta y el olor a humedad y denso de la paja mojada golpeó la parte posterior de su garganta. Un empujón brutal y despectivo y se derrumbó entre un montón de cosas, demasiado aturdido para moverse. La puerta se cerró de golpe y él se quedó allí, en la penumbra y dejó que la oscuridad lo envolviera.

No supo cuánto tiempo permaneció inconsciente. Cuando los sentidos regresaron, reunió la fuerza suficiente para apoyarse en las palmas de las manos, sacudió la cabeza para despejarla de la masa que se hacía pasar por su cerebro y miró a su alrededor.

El granero era grande, sin aire, con ventanas tapiadas y enormes puertas dobles que permitían que meras rendijas de luz aliviaran la penumbra. Claramente no se había usado durante algún tiempo y los restos de sudor rancio de caballo y paja podrida colgaban pesados en la atmósfera.

Estaba en un establo, los altos muros bloqueaban gran parte de su entorno. Se puso de pie, instintivamente revisó su pistolera y gimió cuando la descubrió vacía. Volvió a él con una sacudida al recordar lo que había sucedido, cómo su estupidez lo había arrullado haciéndole creer que el viejo sheriff no era el individuo sin escrúpulos que finalmente resultó ser. Se frotó con cautela la barbilla hinchada y juró que nunca volvería a subestimar a ninguna persona mayor.

Apoyado en la parte superior de la pared más cercana, que lo separaba del puesto adyacente, vio una figura acurrucada contra el lado opuesto. Un hombre, despierto, sus ojos destellando blancos en la oscuridad, dándole una mirada perseguida. Quizás él también se había enfrentado a la muerte, había sobrevivido, pero sabía que pronto regresaría.

Acomodándose con varias respiraciones profundas, Cole salió del cubículo y examinó su entorno más de cerca, prestando especial atención a las puertas dobles. Creyó oír ruidos del exterior, pero antes de que pudiera moverse y tratar de averiguar quién podría estar hablando, el hombre de ojos salvajes habló.

"No eres del ejército".

Cole frunció el ceño, se acercó y lo miró intensamente. A pesar de la turbidez, Cole logró distinguir detalles. Aunque la camisa del hombre estaba sucia, empapada en sudor y sangre, Cole la reconoció como un problema estándar de la caballería. Las rayas amarillas que corrían por los costados de sus pantalones lo confirmaron. "Pero tú sí eres".

"Eso es cierto". Cambió de posición y se sentó con la espalda apoyada contra la pared. "Vine aquí en busca de ayuda y recibí varias costillas rotas por mi problema. ¿Y tú qué has hecho?"

"Hasta donde yo sé, solo hice las preguntas equivocadas". Cole se puso en cuclillas y examinó al hombre de pies a cabeza. Ciertamente estaba en mal estado y estaba claro que algo más que unas pocas costillas estaban rotas. Los dientes, la nariz y la cuenca del ojo son más que probables. "Mi nombre es Cole. Soy un explorador del ejército, tras la pista de un grupo de renegados fugitivos. Vine aquí en busca de un soldado de caballería que se fugó con el nombre de Parrot".

La expresión del hombre permaneció impasible mientras su boca se rompía en algo parecido a una sonrisa. "Parece que lo encontraste".

Cole asintió, era lo que esperaba. "Entonces, ¿por qué te han hecho esto?"

"Burroughs me quiere muerto".

"¿Burroughs?" Sacudió la cabeza. "¿Te refieres al sargento Burroughs?"

"El mismísimo. Vino a verme una o dos veces, una vez cuando el médico me estaba revisando, así que dijo que no estaba tan mal herido. Más tarde, vino al barracón y ordenó a todos que salieran antes de interrogarme".

"¿Interrogarte? Eso suena peculiar".

"No realmente, dado quién soy yo y quién es él".

Asintiendo, Cole consideró la historia del hombre hasta el momento. "Debería haber adivinado que está metido en este lamentable lío hasta el cuello. El sargento Burroughs es el trozo de madera a la deriva que me puso en este lugar".

"Eso suena a él. Tiene mucho que ocultar, señor. Demasiado para dejar vivir a cualquiera que se haya enterado de lo que ha estado haciendo".

"Robar caballos del ejército".

"Arreglarlos para que los roben, sí. Yo era su hombre en el interior, el que se había asegurado de que los frenos del motor estuvieran bien y realmente puestos cuando esas escorias asesinas se acercaran a nosotros. Burroughs nunca mencionó nada de eso".

"Entonces, ¿por eso te dejaron vivir, porque está claro que estabas involucrado con Burroughs desde el principio?" Parrot asintió e inmediatamente hizo una mueca. "Entonces, ¿por qué te hicieron esto?"

"Me enteré de que estaba a punto de traicionarme, así que tomé su dinero y lo guardé".

"¿Su dinero?"

"Esta no es la primera serie de caballos que intercambia con los mexicanos, aunque son las primeras monturas del Ejército. Lo ha estado haciendo durante años y ha acumulado una suma considerable. "Bueno", Parrot se rió entre dientes, "la mayor parte la tengo ahora. Iba a hacer un trato con él, pero cuando me presenté aquí, ese miserable sheriff hizo que sus muchachos me golpearan casi hasta la muerte. Parece que Burroughs había planeado todo para cada eventualidad".

"¿No se suponía que este era un lugar seguro para ti?"

"Para todos nosotros. No fui el único en esta travesura. Rickman City es la ciudad de Burroughs, señor. Pero está muriendo. Los tiempos están cambiando y Burroughs está reduciendo sus pérdidas. Incluyéndome a mí. Pero no me va a ordenar que me muera hasta que sepa dónde puse el dinero. Sin embargo, no creo que pueda garantizarle una suspensión de la ejecución". De nuevo, la risa.

"Eso es realmente genial de tu parte, Parrot".

"Ah, no te lo tomes como algo personal. Ni siquiera sé quién o qué eres, ni quiero saberlo. ¿Dices que viniste a buscarme para llevarme de regreso? Bueno, al diablo con eso. No iré a ningún lugar excepto a una buena distancia de aquí. Haré mi trato y Burroughs podrá recuperar su dinero".

"Tú, por otro lado, eres hombre muerto, después de que te hayan sacado toda la información que quieran".

"Hay algo que debes saber sobre mí, y es que lo que yo quiero hacer, lo hago. No importa qué".

Usted está lleno de eso, señor. ¿Qué va a hacer encerrado aquí, sin medios para salir? ¿Desaparecer como uno de esos magos?

"Han sucedido cosas más extrañas".

"Lo más extraño es lo que le harán cuando regresen. Ese sheriff es igual a una serpiente de cascabel. Burroughs no le dejará vivir y se asegurará de que sufra antes de que respire por última vez. Supongo que encontrarme no ha sido su día más afortunado ahora, ¿verdad?"

Cole giró sobre sus talones y miró hacia las puertas dobles. "¿Cuánto tiempo crees que estarán?"

"El Señor lo sabe. Ese sheriff probablemente esté esperando instrucciones o esté disfrutando de su cena antes de regresar para terminar con usted. Como es un explorador, todos querrán cortarle en pedazos pequeños y darlo de comer a los cerdos para que no haya pruebas. Tal vez me den una ración para la cena".

Cole apuntó con los ojos entrecerrados al miserable hombrecillo mientras se reía maniáticamente de su propio ingenio. Sin una palabra, Cole golpeó con el puño en la boca de Parrot, rompiendo los pocos dientes que le quedaban, clavándolo hacia atrás en la paja donde se retorcía y gemía como un bebé.

Cole se puso de pie, regresó a su puesto original y se dejó caer, con los ojos puestos en las puertas dobles. No sabía cuánto tiempo tendría que esperar pero, por lo que Parrot había dicho, regresarían pronto. Entonces, se sentó contra la pared del establo, encontró el trozo de paja más seco que pudo y se sentó.

CAPÍTULO SEIS

Se dirigieron directamente a la oficina del viejo alguacil. Cabalgando con fuerza, estaban empapados de sudor y cubiertos con el duro polvo de la llanura abierta, polvo que casi había vuelto grises sus uniformes azules del ejército. No les importaba. No tenían tiempo para nada más que lo que Burroughs les había encomendado.

"Cole se dirige a Rickman City", les había dicho Burroughs esa primera hora de la mañana antes de que ninguno de ellos hubiera tomado siquiera un bocado de desayuno.

"¿Por qué tendría que hacer eso?" preguntó Buller, uno de los dos soldados que Burroughs había apartado del resto de la Tropa.

"Él es inteligente", dijo Burroughs entre dientes, siempre revisando el campamento para dormir en caso de que alguien se estuviera moviendo. "Sumó dos más dos y se le ocurrió la respuesta correcta".

"¿Qué?"

Burroughs había vuelto su mirada venenosa hacia el segundo soldado. "Solo haz lo que te digo, Ashton. Ve a Rickman City y asegúrate de que Cole no haya hablado con Parrot".

"¿Y si lo ha hecho?"

"Lo matas y haz desaparecer el cuerpo".

"¿Y si no lo ha hecho?"

El rostro de Burroughs se había dividido en una amplia sonrisa. "Lo matas de todos modos".

Y así, aquí estaban. Rickman City. Fuera de la oficina del sheriff, frenaron sus monturas y se bajaron de las sillas.

"Este lugar es bastante antiguo", escupió Ashton, considerando los edificios en ruinas que se encontraban a ambos lados de la calle principal.

"Parece que incluso las ratas se han escapado", agregó Buller, atando sus riendas al poste de enganche. Mientras se dirigía a tomar los escalones que conducían a la oficina, la puerta se abrió con un chirrido y salió un anciano marchito, con un cigarro en la boca de labios azules, vestido con ropas raídas y un cinturón de seguridad atado alrededor de su escuálida cintura. El anciano inclinó la cabeza y frunció el ceño.

"Buenos días, sheriff", dijo Buller, sacudiendo la cabeza mientras sus ojos vagaban sobre el viejecito que estaba frente a él. "Parece que ha tenido una noche difícil".

"La vida es más dura", agregó Ashton y se rió.

"¿Qué es lo que quieren, muchachos?"

"Ahora hay una cálida bienvenida", dijo Buller. Se movió para colocar una bota en el primer escalón.

"Alto ahí", dijo el viejo sheriff, sacando su arma y retirando el martillo en un movimiento sorprendentemente fluido.

"Oye", espetó Ashton, "si nos apuntas con un arma, veterano, será mejor que estés preparado para usarla".

"Oh, estoy más que preparado, muchacho. Ahora, quítense los cinturones de armas y díganme quiénes son y qué es lo que quieren en mi ciudad".

"¿Su ciudad?" Buller se rió y lanzó una mirada a su compañero. "¿Escuchaste eso? Esta es su ciudad".

"Y aquí estoy yo pensando que se llamaba Rickman City por un tal señor Rickman".

"Rickman está muerto", escupió el sheriff. "Su hijo se va. Eso significa que esta ciudad es mía".

"Creo que nuestro sargento tendría mucho que decir al respecto", dijo Buller, volviendo el rostro hacia el anciano. "El sargento Burroughs, que sea suya".

Al instante, el rostro del sheriff palideció y, por un momento, pareció que se iba a desmayar. La mano que sostenía la pistola temblaba de forma alarmante, pero cuando Buller intentó de nuevo subir los escalones, el anciano se recuperó, entrecerró los ojos, apretó la boca con más fuerza sobre el cigarro y la pistola, ahora en su agarre firme como una roca, avanzó poco a poco. "Creo que tu sargento y yo podríamos tener algunos desacuerdos al respecto".

"¿Es así?" Murmuró Ashton. Su mano cayó a su costado, cerca de su propio Colt.

"Desde que envió a ese imbécil de Parrot aquí, las cosas han cambiado un poco. Lo que me dijo ese joven soldado me hizo pensar. Pensando que podría ayudarme a mí mismo con lo que Burroughs ha acumulado para sí".

"¿Acumulado?" Buller negó con la cabeza y frunció el ceño. "Veterano, no creo que usted sepa con quién estás tratando".

"Oh, lo sé bastante bien, muchachos. Ahora, desabróchense los cinturones, como les dije, antes de que los tape".

"¿Taparnos?" Ashton echó la cabeza hacia atrás y se rió a carcajadas.

"Usted habla muy bien para ser un hombre tan seco, sheriff", dijo Buller. "Es mejor que baje su propia pistola antes de que se la empuje donde el sol no brilla".

"Y muéstrenos dónde está Cole", intervino Ashton, todas las risas habían desaparecido de su voz.

"¿Cole? ¿Te refieres a ese explorador que vino aquí haciendo preguntas?"

"Ese debe ser el mismo del que estamos hablando, supongo".

Lo llevé al granero con Parrot. Se unirán a él pronto si hacen lo sabio, muchachos". Él sonrió. "Suelten esos cinturones".

Sorprendentemente, fue Buller quien se movió primero, con la mano agarrando el Colt enfundado en su cadera. Se las había arreglado para despejar la funda a la mitad cuando el primer disparo del sheriff lo golpeó de lleno en el pecho, la bala de gran calibre arrojó al soldado hacia atrás y le limpió los pies. Chillando, Ashton fue a buscar su arma, pero ni siquiera llegó tan lejos como su amigo antes de que dos balas lo golpearan, la primera en la garganta, la segunda en el pecho y se dio un tirón grotesco sobre los talones y cayó al suelo, muerto.

Tomándose su tiempo, el viejo sheriff bajó los desvencijados escalones, con el Colt humeando en la mano. Tocó el cuerpo de Ashton con la punta del pie antes de moverse hacia donde Buller yacía de espaldas, con los ojos mirando al cielo y la sangre salpicada por el frente del uniforme. El sheriff se paró sobre él, con los pies plantados a ambos lados del cuerpo herido de Buller. "No estás hecho para este tipo de trabajo, muchacho", dijo.

La cabeza rodaba de un lado a otro, la sangre manaba de los labios ya blancos, la voz de Buller se tensaba mientras hablaba. "Solo estaba haciendo lo que me ordenaron. Por favor, no me mate".

"Chico, ya te estás muriendo". El sheriff negó con la cabeza. "Ese Burroughs, envía niños a hacer lo que él mismo debería haber hecho". Abrió el cilindro de sus pistolas y expulsó los cartuchos gastados. Los reemplazó, con las manos firmes, su sorpresa inicial al escuchar el nombre de Burroughs fue reemplazada por una determinación desconcertante. Hizo girar el cilindro y dejó caer la Colt en su funda. Gimiendo por el esfuerzo de agacharse, liberó al soldado moribundo de su propia pistola. Poniéndose de pie de nuevo, cerró los ojos e hizo una mueca mientras apretaba una mano en la parte baja de su espalda. "Estos huesos viejos se vuelven cada vez más inútiles con cada día que pasa".

"Por favor..."

El sheriff volvió a mirar los rasgos adoloridos del joven soldado. "Siento pena por ti, chico, que has venido hasta aquí para morir así, así que te diré lo que haré. Te haré una bonita parcela en Cemetery Hill, con una hermosa vista de las montañas distantes. ¿Qué te parece?"

"¿Qué tal si te vas y te pudres, viejo? Púdrete en el infierno".

"Muchacho, el único que va a bajar ahí, eres tú". Él sonrió. "Mi nombre es Clifton Spelling, para tu información. Monté con los jóvenes después de la guerra e hice muchas cosas malas, pero matarte ha sido una de mis mejores decisiones". Buller estalló en un ataque de tos que sonaba doloroso. El sheriff Spelling chasqueó la lengua, negó con la cabeza y se dio la vuelta.

"Por favor", dijo Buller, con la voz cada vez más débil, "por favor, ayúdeme... Se lo ruego..."

Pero Spelling ya no escuchaba. Tenía otras cosas en las que ocupar su mente ahora y se dirigió al granero para su próximo encuentro con Reuben Cole.

CAPÍTULO SIETE

T ocándose la mandíbula donde el Winchester le había roto, Cole se inclinó hacia adelante, se subió la parte inferior de sus gruesos pantalones endurecidos por el sudor y tiró del Wells Fargo Colt enfundado en su tobillo. Comprobó la carga y se recostó contra la pared del establo. A su derecha, escuchó a Parrot arrastrarse en la paja, gimiendo mientras lo hacía. "Tienes una cruz de derecha malditamente buena", dijo el joven soldado, "como si fueras un boxeador".

"El único trabajo que tengo es trabajo para el ejército", fue la respuesta neutral de Cole. "Estoy aquí para hacer ese trabajo y encontrar quién se fue con esos caballos. ¿Quién fue el responsable? Parece que he resuelto esa parte, ahora todo lo que tengo que hacer es averiguar adónde han llegado los caballos".

"Bueno, eso es algo que solo Burroughs lo sabe".

Cole giró la cabeza y vio a Parrot ponerse de pie dolorosamente, estirar la espalda y palpar su rostro con dedos temblorosos. "¿Quizás podrías señalarme qué dirección tomaron?"

Riendo, Parrot avanzó, su respiración silbaba. Salió completamente del cubículo. "Creo que los mexicanos que atacaron el tren me habrían matado si me hubiera quedado. No estaba dispuesto a correr ese riesgo".

"¿Mexicanos?"

"La mayoría de ellos, por lo que pude ver. Pero, como dije, no iba a esperar e intercambiar presentaciones". Sacudió la cabeza, frotándose la comisura de la boca y luego estudiando las yemas de los dedos. "¿Estás seguro de que no eres un boxeador?"

"Enojado es lo que estoy. ¿Qué sabes de Rickman?"

"Nada. "Solo sé que está muerto".

"¿Y qué sabes del sheriff?"

"Bueno, entre momentos de patearme hasta la muerte, me dijo que su nombre es Clifton Spelling. ¿Eso significa algo para ti? Parecía enorgullecerse de contármelo".

Sacudiendo la cabeza, Cole pensó mucho, echando un vistazo a su mente mientras miraba de nuevo las puertas del granero. "La única persona que recuerdo con ese nombre era uno de la pandilla de Younger. Tuvo una discusión con Jesse James, casi pierde la vida. Desapareció en el Territorio poco después. Se dice que tenía alguna conexión con una banda de ladrones de trenes que fueron perseguidos por los Pinkerton. Tal vez..." Sus palabras desaparecieron en el ambiente del granero sin aire puro.

"Quizás por eso lo eligió Burroughs". Parrot se acercó arrastrando los pies. "Quizás fue él quien se encargó de robarles los caballos".

"Podría ser".

"Aunque no es mexicano".

"Sí, y él es viejo. No puedo verlo lanzarse a una pelea a caballo como solía hacerlo con Anderson y su grupo".

¿Bill Anderson el sangriento? Escuché eso antes. ¿Cree que ese viejo cabalgaba con él?

"Podría ser. Pero ya ha dejado atrás todo eso. Creo que debe haber sido viejo incluso en la guerra... A menos que, por supuesto, esté enfermo. Muriendo de algo".

"¿Algo atrapante? Oh no", chilló Parrot, dando un paso hacia atrás, cepillándose frenéticamente la ropa. "Oiga, ¿no cree que de la forma en que me pateó podría significar que yo también enfermaré?"

Cole lanzó un largo suspiro. "Solo vuelve a tu cubículo". Le dio a Parrot una larga mirada. "Hablaremos un poco más después".

Parrot, respirando con dificultad, dejó de agitar los brazos y se quedó boquiabierto. "¿Mas tarde? Señor, no saldremos de esto... Señaló con un dedo la pistola cortada en la mano de Cole. "¿Cree que puede detenerlos con esa cosita?"

"Esta cosita te hará un agujero tan profundo que no volverás a levantarte, amigo. Ahora vuelve a tu cubículo antes de que yo..."

La puerta del granero se abrió con un fuerte chirrido de sus antiguas bisagras, la luz fluyó para recoger el polvo de paja disperso en el aire.

El sheriff Spelling estaba allí, con el Colt grande en su mano marchita. Se rió, un sonido que envió un escalofrío a través de los huesos de Cole. "Encontraste tus pies, ¿eh chico?"

Con su atención centrada en Parrot que estaba temblando en el centro del granero, Spelling no vio a Cole, ni al Wells Fargo ahora infaliblemente apuntando hacia él. Fue solo cuando el martillo regresó con un chasquido que lanzó una mirada de incredulidad en la dirección del explorador del Ejército.

"Le pediré que baje esa pistola, Spelling".

"¿Cómo hiciste para...?" Se detuvo, aturdido por este giro de los acontecimientos. Pero solo por un momento. Recuperándose, se rió de nuevo. "Bueno, bueno, parece que me has dejado caer, chico. Debería haber pedido a mis hombres que te registraran antes de que te arrojaran aquí".

"Suerte para mí que no lo hicieron".

"La suerte no tiene mucho que ver con eso, muchacho. Solo el deseo".

"Debería saberlo, viajar con los Youngers".

Un asentimiento con la cabeza arrugada y luego Spelling se giró, agachándose, el arma subiendo.

Sonó un solo disparo y Parrot, arrojándose al suelo, tapándose los oídos con las manos, gritó.

CAPÍTULO OCHO

Un camino sinuoso llegaba a la casa, un imponente edificio de dos pisos con tablas blancas y pilares ornamentales que sostenían el techo de la veranda. Amplios escalones, bordeados con balaustradas blancas, conducían a la puerta principal a la derecha, con amplias ventanas panorámicas al costado. En el techo de pizarra negra había tres buhardillas. Dos grandes graneros se encontraban junto al edificio principal, un área cercada en la que tres caballos miraban perezosamente a los visitantes que se acercaban.

Aparte de los animales, el lugar parecía desierto.

Cole frenó su caballo y miró de reojo a Parrot. Colgado detrás del joven soldado, con las manos fuertemente atadas, estaba Spelling, la herida en su hombro derecho rezumaba sangre. "Este es el lugar, ¿verdad?"

Parrot se encogió de hombros. "Supongo que sí, pero nunca había estado aquí antes, Sr. Cole".

Al darse cuenta del uso de este nuevo saludo, Cole gruñó con cierto grado de satisfacción antes de volverse para estudiar las ventanas del imponente edificio que tenía ante él. "Voy a echar un vistazo atrás. Mientras tanto, sube al porche delantero, desmonta y llama a la puerta".

"¿Qué pasa si ellos no salen?"

"Entonces gritas tan fuerte como puedas para llamar su atención".

"¿Y si ellos *en efecto* salen?"

"Entonces sonríes y les dices hola. No es difícil".

Dejando que Parrot masticara esas palabras, Cole espoleó a su caballo y se dirigió a los graneros, manteniendo la mirada fija en la casa. En el primer recinto se bajó de la silla y ató las riendas alrededor del poste de la puerta. Apoyó los codos en la parte superior de la valla y estudió los tres caballos del interior. Le dieron una mirada desdeñosa.

Ni un soplo de viento se agitó, el silencio cayó sin previo aviso, cortando todo, dejando el área sin alma, desolada. Alerta, Cole se enderezó y sintió la frialdad arrastrándose por su espalda. Era una sensación espeluznante y antinatural porque sobre él el sol pulsaba su calor, un calor tan intenso que horneaba la tierra con fuerza y hacía que el aire fuera tan espeso como una sopa humeante. Frunciendo el ceño, permitió que sus ojos escudriñaran la casa silenciosa. Una perla de sudor le cayó de la frente y le escoció el ojo derecho, lo que le obligó a parpadear y estremecerse. Cuando se volvió, algo se movió detrás de él. Un sonido apresurado. Él reaccionó instintivamente, girándose medio agachado, con la mano en busca de su arma, sacándola con el vientre cruzado de la funda, su movimiento una sombra.

Un pequeño perro blanco y negro cruzó rápidamente el recinto y se deslizó por la puerta abierta del granero más cercano, con el rabo entre las piernas, gimiendo patéticamente como si esperara que Cole disparara.

El explorador permaneció como estaba, con los sentidos tensos, detectando cualquier otra cosa que pudiera moverse o emitir un sonido. Entrecerrando los ojos, hizo todo lo posible por discernir cualquier forma que acechara en la penumbra del establo, pero era imposible y del perro, no había más señales.

Poco a poco se permitió relajarse, pero mantuvo el arma en la mano. Se volvió y miró la casa una vez más. El lado que estaba frente a él estaba revestido con lo que parecía plomo, lo que lo hacía parecer aún más poco atractivo que la atmósfera circundante. En lo alto, cerca del techo, una sola ventana marcaba el gris uniforme. Llamó toda su atención y cuanto más miraba, más se daba cuenta de que había alguien allí, estudiándolo.

Una mujer, pelo negro, vestida con una túnica blanca.

Cole dio un paso adelante y ella respondió retirándose a la oscuridad.

La voz de Parrot atravesó la quietud, rompiendo la tensión, "Oigan allá dentro, ¿está todo bien con todos ustedes?"

Lo que fuera que estaba pasando, Cole sabía que todo estaba lejos de estar bien. Rápidamente le dio otra mirada al granero, enfundó su arma y dobló hacia los escalones que conducían a la puerta principal de la casa. Parrot se encogió de hombros cuando el explorador se acercó a él. "No hay nadie en casa, señor Cole".

"Oh, sí que hay gente", dijo Cole y sacudió la manija de la puerta. La puerta permaneció firmemente cerrada. Dando un paso atrás, respiró hondo y golpeó el pie contra la cerradura. Tres veces lo pateó antes de que se desgarrara y se abrió, chocando hacia atrás, el sonido reverberaba por el interior como si fuera una cueva. Nada se movió dentro.

Cole sacó la pistola, se llevó el dedo a los labios e hizo una seña a Parrot para que entrara.

Parrot frunció la boca, considerando sus opciones, y se encogió de hombros abatido antes de cruzar el umbral.

Cole se acercó a él y esperó hasta que sus ojos se acostumbraron a la oscuridad.

Pero del olor, era imposible acostumbrarse.

El penetrante aroma de la muerte invadió sus fosas nasales. Parrot ya tenía arcadas, se inclinaba y se tapaba la nariz y la boca con la mano. "¿Qué demonios es ese hedor?"

Cole sacó su pañuelo y se lo apretó sobre la cara. "Putrefacción, eso es lo que es".

"¿Putrefacción? ¿Qué es eso cuando se trata de una llamada?"

"Muerte. Quédate cerca".

Cole avanzó poco a poco, con los ojos recorriendo siempre cada rincón, cada rasgo. A estas alturas, podía distinguir detalles, como muebles, estanterías para libros, una chimenea vacía. Alguna vez esta debió haber sido una casa elegante y confortable, adornada con costosos adornos y, en las paredes, pinturas de paisajes y retratos. Historia familiar. Pero dónde estaba esa familia ahora, difícilmente podría adivinar.

Encontró una gran lámpara de aceite en una mesa, rasgó una cerilla y la encendió. El globo cobró vida mientras giraba la rueda para controlar la intensidad de la luz. Siseó tranquilizadoramente; la primera señal de que la vida continuaba en este lugar vacío. Le entregó la lámpara a Parrot. "Tómala y mantenla en alto para que no nos golpeemos contra algo".

Parrot hizo lo que se le pidió y movió lentamente la lámpara hacia los lados, dejando al descubierto más muebles y una puerta adyacente al pie de las amplias escaleras. "¿Vamos hacia arriba?"

"Primero revisa esa habitación".

Parrot gimió. "Creo que está ahí", dijo, su voz crepitaba debajo de su mano, que aún presionaba sobre su nariz.

"Podría ser". Cole cerró los ojos, se acercó un paso a la puerta y olfateó. La bilis subió instantáneamente a su garganta y se alejó, con arcadas. "Estás bien. Está ahí", jadeó.

"Yo también puedo oír algo", susurró Parrot, con la voz temblorosa ahora. Todo su cuerpo comenzó a temblar, obligando a la lámpara en su mano a enviar figuras danzantes retozando a través de las paredes.

"Ábrela".

"¿Qué? ¿Está usted loco?" Parrot se apartó. "No lo voy a hacer, no puedo, señor Cole. Simplemente no puedo".

Exasperado, Cole dejó escapar un suspiro, pasó junto a Parrot y abrió la puerta.

El hedor los golpeó como un mazo, empujando a ambos hombres hacia atrás, tambaleándose, resistiéndose y vomitando. Un enjambre negro de moscas gordas zumbaba alrededor de sus cabezas, obligándolos a golpearlas y aplastarlas con manos que apenas podían moverse, ambos estaban demasiado rígidos y con disgusto.

En el centro de la pequeña habitación sin aire, encorvado en un gran sillón, estaba el cuerpo de un hombre, los ojos mirando sin ver desde un rostro azul grisáceo, la boca abierta, sangre coagulada como rastros de babosas negras que corrían desde las esquinas, y un enorme agujero en su pecho lleno de gusanos retorciéndose. Grandes grupos de moscas volaron alrededor del cadáver y el hedor de la carne en descomposición resultó abrumador.

Parrot se tambaleó y vomitó. Cole, reaccionando rápidamente, enfundó su arma y atrapó la lámpara de aceite antes de que se resbalara de las manos del joven soldado.

"Ah, querido Dios", dijo Parrot, buscando a tientas las escaleras donde se derrumbó en el escalón inferior y se sentó allí, jadeando, sacudiendo la cabeza como si negara sus sentidos. "¿Quién es ese?"

Cole fue a hablar, pero antes de que pudiera pronunciar una palabra, el crujido de las tablas del suelo en lo alto de la escalera lo interrumpió. Girando la lámpara de aceite hacia la dirección del ruido, lanzó un pequeño grito de sorpresa cuando una figura se enfocó nítidamente.

La figura de la mujer que él había visto mirándolo desde la ventana.

"Es mi marido", dijo en voz baja, con un borde de rabia apenas contenida, "Lionel Rickman". Y mientras bajaba lentamente las escaleras, el rifle en sus brazos se hizo más notorio.

CAPÍTULO NUEVE

Se pararon en el porche, Parrot contra la balaustrada aspirando aire, Cole a su lado con el rifle de mujer firmemente clavado en su espalda.

"¿Quién es ese?"

Cole estiró el cuello para mirarla. Allí, a la luz del día, podía ver su rostro con mucha más claridad, y era una mujer de asombrosa belleza. Entre sus rasgos perfectamente formados, sin embargo, había una mirada de dolor, intensa y consumidora. Labios carnosos tan pálidos, ojos sorprendentemente azules enrojecidos y mejillas hundidas. Volvió la mirada para posarse en el caballo de Parrot, y el viejo sheriff se colgó del lomo del animal. "Es Spelling".

Su respiración siseó. Cole giró la cabeza para mirarla y, por un momento, pensó que podría colapsar. Aunque ya de un blanco fantasmal, su rostro pareció drenar la sangre que quedaba, y se tambaleó hacia atrás, la fuerza escapó de sus miembros. Moviéndose rápidamente, Cole apartó el rifle y la agarró por la cintura antes de que colapsara. Ella gimió, luchando contra su agarre, pero fue inútil, y se rindió, permitiéndole que la llevara a un banco ornamental de hierro forjado que estaba contra la pared.

La ayudó a sentarse y dio un paso atrás, levantando el rifle en sus manos. "Guerra Civil Lee-Enfield. ¿Sabe cómo usar esto, señora?"

Le tomó unos momentos encontrar las palabras, le costaba respirar. Ella miró a lo lejos, las lágrimas rodando sin control por sus mejillas. "No está cargado".

Parpadeando sorprendido, Cole comprobó el arma y descubrió que decía la verdad. Con cuidado, apoyó el rifle contra la balaustrada. Mientras lo hacía, Spelling mostró los primeros signos de vida desde que Cole le disparó en la ciudad y lo arrojó como una presa sobre el lomo del caballo de Parrot. "Es una loca", gruñó, "y nos matará a todos si la dejas".

"Cállate antes de que termine contigo para siempre", espetó Cole y se volvió hacia la mujer de nuevo. "Señora Rickman, ¿quién mató a su marido?"

Su rostro se levantó, los ojos tan grandes, la boca ahora temblaba. "Él hizo".

"Dime por qué no me sorprende escuchar eso", dijo Cole y miró al viejo sheriff.

"Fue Burroughs quien dio las órdenes, como bien sabes".

La señora Rickman se puso de pie con los puños apretados. "¡Eres un mentiroso! Eras tú y solo tú, desesperado por engrasarte las palmas de las manos con el dinero que pensabas que teníamos".

Spelling, forzando su cuello para levantar la cabeza, gimió: "Eres tú quien está mintiendo".

"Llegaré a la verdad de esto", dijo Cole, "de una forma u otra".

Spelling graznó y luchó contra las cuerdas que lo sujetaban al caballo de Parrot. Cole bajó los escalones y se acercó a su caballo, metió la mano en una alforja para sacar un cuchillo Bowie grande y de hoja pesada.

Retorciéndose contra las cuerdas, Spelling lo miró con ojos tan grandes que amenazaban con estallar en su rostro. "Ah, ¿qué vas a hacer con eso?"

Cole escuchó el miedo en la voz del anciano y le proporcionó un placer sin fin. Sin embargo, antes de que pudiera hacer algo, algo en la distancia llamó su atención y miró hacia la pradera desde la dirección en la que había venido y vio el polvo. Maldiciendo, usó el cuchillo para cortar las cuerdas del anciano. Spelling chilló y cayó como un peso muerto al suelo. Retorciéndose allí, pateó y escupió. Sin hacer caso de él, Cole sacó el Henry de la funda que colgaba de su silla. "Usted, consiga balas para ese rifle, señora".

Caída, ella negó con la cabeza.

"Está bien", dijo Cole. "Parrot mete este pedazo de suciedad en la casa. Tenemos compañía".

"¿Compañía?" Parrot señaló con la cabeza hacia arriba. "¿Quiénes son?"

"Son mis muchachos", dijo Spelling, la risa lo convulsionó sonando frágil y a la vez peligrosa, "y vienen aquí para matarlos. ¡A todos ustedes!"

Cole apuntaló la puerta rota con uno de los pesados gabinetes de madera de Rickman y luego le entregó a Parrot la pistola que previamente le había despojado a Spelling.

"Un poco confiado, ¿no es así, señor Cole?"

"La necesidad me obliga, hijo. Esos hombres que vienen aquí harán todo lo posible para matarnos, no te equivoques. Si quieres usar esa arma en mi contra, te aconsejo que pruebes suerte después de que nos hayamos ocupado de nuestros nuevos invitados".

Parrot sonrió. "¿Huéspedes? ¿Usted los invitó, señor Cole?"

"No, pero él lo hizo". Señaló a Spelling acurrucado en un rincón, con la cabeza gacha, gimiendo. Junto a él, sentada en una silla de comedor de respaldo alto, la señora Rickman sostenía el rifle y lo miraba como un halcón. Cole se acercó a ella y suavemente le quitó el rifle de las manos, reemplazándolo por el Wells Fargo. "Esto le servirá mejor, señora".

La mujer levantó la cabeza y le sostuvo la mirada. Allí no

había malicia, solo una tranquila aceptación de la situación. "¿Cómo sabe que no le disparará?"

"No lo sé, pero le pediría que no lo hiciera, no hasta que pueda averiguar lo que realmente sucedió aquí".

"Si esos hombres entran aquí, miró hacia Spelling, mi primera bala le atravesará la cabeza".

Gruñendo, Cole asintió con la cabeza, pero dejó sin pronunciar algún comentario adicional. En cambio, se centró en la inmediatez de su situación. "¿Tienes una entrada trasera?"

Hizo un gesto hacia la otra puerta a la derecha de Cole.

"¿Qué hay ahí?"

"Comedor, con cocina contigua". Su respiración se estremeció cuando lo inhaló. "No he podido entrar al salón, no desde..."

"Está bien", dijo Cole. Algo lo obligó a poner una mano sobre su brazo. Sus ojos brillaron por un momento pero luego, casi de inmediato, se suavizaron. Ella no apartó el brazo. "Cuando esto termine, le daremos un entierro decente". Ella no dijo nada. Cole comprobó la carga del Henry y se dirigió a la puerta del comedor. La abrió. "Intentarán entrar por aquí. Estaré esperando".

"Señor Cole", intervino Parrot con fuerza, con voz ronca. Déjeme entrar allí. Necesito expiar mis culpas, señor Cole".

"¿Expiar? ¿Para qué?"

"Por todo lo que he hecho. Si no fuera por mí, nada de esto habría sucedido".

"No lo sabes. Burroughs habría utilizado a otra persona".

"¿Burroughs?" Fue el turno de la señora Rickman de agarrar el antebrazo de Cole. "Usted lo mencionó antes, pero ¿se refiere al Capitán Burroughs de la Caballería de los Estados Unidos?"

Con los ojos muy abiertos, Cole soltó una pequeña risa. "Él no es un capitán, señora. Es un sargento y bastante malo en eso".

"Él... Él era amigo de mi esposo. Cenó aquí muchas veces y juntos discutieron la cría y el transporte de caballos. Mi esposo tenía muchos contactos con los ferrocarriles y... Sus ojos se humedecieron y se dio la vuelta, con el dorso de la mano presionado contra la boca. Ella sollozó.

Una vez más, la mano de Cole, esta vez posándose sobre su hombro, la calmó. "Cuando esto termine, nosotros..."

El sonido de los caballos golpeando el costado de la casa lo interrumpió. Sin una palabra, Parrot se abrió paso y atravesó la puerta con el revólver listo. Cole se giró y se movió hacia la pequeña ventana adyacente a la puerta principal. Respiró hondo y accionó la palanca de su carabina. "Han retrocedido. Oremos para que Parrot pueda contenerlos".

Silenciosamente, la señora Rickman se acercó a Spelling y apretó con fuerza el cañón contra su cabeza. Él gritó, encogiéndose de miedo, lloriqueando, "¡Cole, Cole, ella me va a asesinar!"

"Deje de chillar", espetó Cole, lanzando una mirada a la Sra. Rickman. "Esperaremos, ¿entiende? Lo llevaremos a Paraíso y lo juzgaremos. Hacemos lo correcto".

El sonido de gritos furiosos surgió del comedor. La voz de Parrot, alarmada, quebrada de miedo, "Esperen muchachos, esperen. ¡Soy uno de los hombres de Burroughs! No disparen".

La señora Rickman gritó y se tambaleó hacia atrás. "¡Está con ellos!"

Maldiciendo, Cole corrió hacia la puerta, la abrió e inmediatamente se dejó caer sobre una rodilla, el Henry se estrelló contra su hombro.

El comedor era largo y estrecho, presidido por una mesa pulcramente dispuesta con cubiertos y platos para servir esperando la próxima comida. Grandes ventanas panorámicas orientadas hacia adelante y hacia atrás, lo que permitía vistas ininterrumpidas de la campiña circundante por un lado, y por el otro, coral y graneros en la parte trasera. En el otro extremo de la habitación, la puerta de la cocina estaba entreabierta y Cole podía ver claramente la entrada trasera que estaba abierta.

Estalló un tiroteo, salvaje y furioso. ¿Parrot había intentado engañarlos y luego abrió fuego, o habían desestimado sus apelaciones y le habían disparado de todos modos? Cole no podía estar seguro y no estaba dispuesto a debatir las alternativas ni un segundo más. Corrió hacia adelante, manteniéndose agachado, y se golpeó contra la pared adyacente a la puerta de la cocina. Con la boca abierta, esperó y escuchó.

El tiroteo continuó, confirmando la supervivencia de Parrot. Por ahora. Los disparos disminuyeron, los disparos aislados ahora eran la norma, sin duda la sorpresa inicial dio paso a la determinación de matar.

Cole se deslizó dentro de la cocina y casi gritó cuando vio el cuerpo. Debajo de la mesa de preparación toscamente tallada yacía una mujer negra, tumbada de espaldas. La enfermiza palidez gris de su piel atestiguaba el hecho de que había estado muerta durante algún tiempo. Algo terrible había ocurrido en esta casa y Cole sospechaba que tenía poco que ver con Spelling o Burroughs.

Un apresuramiento de pies. Un disparo. Un grito ahogado. Cole giró la cabeza hacia la puerta trasera abierta, contuvo la respiración y avanzó poco a poco a gatas.

El brillo del sol abrasador lo cegó temporalmente, pero solo brevemente. En dos segundos, vio a Parrot doblado en el suelo agarrándose la pierna mientras bombeaba sangre. Su pistola yacía a su lado, sin duda vacía. Dos hombres salieron de atrás amontonando fardos de heno, derramando cartuchos vacíos de sus propias armas. Cole los reconoció como los que se habían abalanzado sobre él y lo habían arrastrado al granero. Sus rostros se pusieron, manchados de sudor, no notaron que Cole salía al patio hasta que fue demasiado tarde.

Se movió hacia adelante, Henry en su cadera, moviendo la palanca, disparando a ambos hombres varias veces, lanzándolos hacia atrás, perforando sus cuerpos con patrones sangrientos de muerte.

Se produjo un extraño silencio inquietante. Cole recargó lentamente la carabina antes de dirigirse hacia Parrot. Miró al joven soldado, dándole una rápida mirada a su herida. "Le haré un torniquete y estarás bien".

Gimiendo, Parrot hizo todo lo posible por levantar la cabeza. Las lágrimas cayeron por su rostro. "Oh señor Cole, pensé que los tenía, pero eran demasiado rápidos para mí. Lo siento. Lo siento mucho".

"Cálmate, hijo. Lo hiciste bien. Tu valentía me dio el tiempo para hacerlos caer".

"Lo que dije, señor Cole, fue una treta. ¿Usted me entiende? Usted me cree, ¿no es así?"

"Te creo, hijo. Sí. Ahora déjame ir a buscar algo para arreglarte". Se puso de pie, se dio la vuelta y jadeó al ver a la señora Rickman de pie en la puerta de la cocina, con el Wells Fargo en la mano. Su rostro, mortalmente pálido, parecía tallado en granito.

"Señora Rickman", dijo Cole, levantando la mano haciendo el gesto universal de paz. Dio un paso hacia ella.

Ella levantó el Wells Fargo, estabilizando su puntería con dos manos.

"No", susurró Cole, sin atreverse a creer lo que estaba planeando hacer. "Señora Rickman, no hay necesidad de..."

"Se acabó, Cole".

Cole parpadeó, sin creer lo que oyó y volvió la cabeza para ver a Parrot, pistola en mano, soltando el martillo. El estaba sonriendo.

Entonces la Sra. Rickman disparó el Wells Fargo y Parrot no sonrió más.

CAPÍTULO DIEZ

E lla lo llevó al interior del granero, el mismo granero en el que el perro apolillado había desaparecido todo ese tiempo. A Cole le pareció que había pasado toda una vida desde que frenó a su caballo en este lugar frío y solitario. Habían pasado tantas cosas desde entonces. Muerte principalmente. El marido de la señora Rickman, la criada, dos pistoleros y Parrot. Parrot cuya traición y artimañas casi le habían costado la vida a Cole. Si no hubiera sido por la señora Rickman. "Mi nombre es Julia", le había dicho antes de tomar su mano y llevarlo al granero. Allí había otro cadáver.

El cuerpo colgaba grotescamente de una vieja cuerda deshilachada, los ojos saltones y la lengua azul con el cuello tremendamente largo. Las moscas zumbaban alrededor del cuerpo sin vida.

"Mi hijo", dijo simplemente, traicionada por la emoción.

Sacudiendo la cabeza, Cole miró a su alrededor. "Cortaré la cuerda y lo bajaré".

"No", dijo ella. Su voz puso fin a cualquier objeción.

Cole la estudió. Ni siquiera el tono ceniciento de su piel podía enmascarar su belleza. "¿Qué pasó aquí, señora?"

"Julia", dijo. Él asintió y ella respiró hondo. "Belinda, mi doncella, escuchó a mi esposo hablando con Burroughs. No quería creerle cuando me lo dijo. Pobre niña, estaba tan asustada, pero me hizo escuchar. La golpeé. ¿Puede imaginar? No podía aceptar lo que me decía. Que mi esposo estaba confabulado con Burroughs, robando caballos del Ejército y llevándolos a México. Nunca pensé en preguntarme por qué los caballos siempre estaban acorralados aquí. Simplemente creía que todo era parte de su negocio". Ella soltó una risa corta y burlona. "Bueno, yo tenía razón en eso, ¿no? Era asunto suyo, pero no uno en el que jamás lo hubiera considerado capaz de permitirse. Para decirlo sin rodeos, señor Cole, estaba metido hasta el cuello en tratos ilegales".

"Entonces, para ocultárselo todo, ¿decidió asesinar a la criada?"

Ella asintió con la cabeza y se dio la vuelta para volver a la puerta abierta. De la penumbra emergió el perro, con el rabo entre las piernas y los ojos al suelo. Prácticamente se deslizó hacia ella sobre su vientre, serpenteando alrededor de sus tobillos, gimiendo patéticamente. Se agachó y le hizo cosquillas al animal detrás de una oreja. "Trató de ocultarlo, pero todo salió mal. Nuestro hijo lo sorprendió en el acto de estrangularla. Se pelearon, se disparó un arma y Belinda..." Ella resopló ruidosamente. "Abrumado, James lo siguió al salón y, bueno, ya ha visto el resultado".

Cole se acercó a ella y se detuvo un momento para verla hacerle cosquillas al perro. "¿Ese es James, el que está en el granero?" Ella asintió. "Lo siento. Nadie debería experimentar tal pérdida".

"Estoy bien", dijo, y él frunció el ceño ante la distancia en su voz, su aparente frialdad. Ella captó su expresión y forzó una sonrisa. "Él no era mi hijo biológico, ¿entiende? Su madre murió de fiebre hace tres años".

"Entonces, usted y Rickman, se habían casado reciente-mente. Aún así, es mucho para asimilar".

"No, señor Cole. Nunca nos casamos". Ella se rió de nuevo

cuando él arqueó las cejas. "No lo tomé por un mojigato, señor Cole. No hubiera pensado que algo así le hubiera sorprendido".

"Bueno, yo..." Arrastró los pies y prefirió mirar al perro que mantener los ojos fijos en su rostro.

"Me mudé hace unos nueve meses y al principio todo estaba bien. Incluso hablamos de matrimonio y James, parecía aceptarlo. Todavía estaba de duelo, y supongo que se podría decir que lo ayudé con eso. Había perdido a mis propios padres en el sesenta y ocho a causa del cólera. Este es un mundo brutal, señor Cole, usted también lo sabe".

"De hecho, sí, señora".

"Julia".

El asintió. "Me pondré a enterrarlos. Spelling puede ayudar".

"No quiero que esa rata asquerosa se mueva por este lugar. No, usted y yo lo haremos, luego iremos a Paraíso y yo me entregaré".

"¿Entregarse? ¿Por cuál razón?"

"Por lo que hice, señor Cole". Se puso de pie, el perro inmediatamente la acarició con la nariz en busca de más afecto. En cambio, señaló hacia donde el cuerpo de Parrot yacía horneándose al sol. "Yo lo maté".

"No, Julia. Él quedó atrapado en el fuego cruzado, ¿no lo recuerda?"

"¿Cuál fuego cruzado?"

"Entre ellos y yo puse dos alimañas en el suelo. ¿No lo vio?"

"Señor Cole, usted no puede..."

"Me llamo Reuben, y cuando se trata de matar, puedo hacer lo que me plazca".

CAPÍTULO ONCE

Después de haber recorrido el viaje de medio día hasta Paradise y haber depositado a Spelling en la cárcel de la ciudad, continuaron a través de la pradera hasta donde esperaban encontrar a Burroughs y su tropa. Julia había insistido en acompañar a Cole y poco podía hacer el explorador para disuadirla. "Quiero mirarlo directamente a los ojos y decirle lo que ha hecho".

En esa primera noche, acampando bajo las estrellas, se sentaron junto al fuego que había hecho Cole, ella mirando las llamas, él mirando su perfil. "A él no le importará", dijo por fin.

"Esa ya lo sé. Pero quiero decírselo de frente y que él esté consciente de ello".

"¿Es por eso que usted obligó a Spelling a hacer su confesión ante el sheriff?"

Cogió un pequeño trozo de madera y lo arrojó al fuego. "No necesitaba forzarlo, ya estaba aterrorizado".

"No parecía tan aterrorizado cuando lo conocí. De hecho, todo lo contrario".

"Quizás la idea de esa soga apretándose alrededor de su garganta".

"¿Es eso lo que usted le dijo?"

Ella se encogió de hombros, sopesando otra ramita en su mano. "Quizás".

"La escuché hablar con él y vi que su rostro se ponía blanco. Poco después de eso, usted dijo algunas otras cosas y él estaba más relajado. ¿Hizo un trato con él?

Es Burroughs quien debe enfrentarse a la soga del verdugo, señor Cole. Spelling no era más que su lacayo. Le dije que haría todo lo posible para facilitarle las cosas si me decía hacia dónde se dirigía Burroughs".

"Su rastro está claro. No tenía que..."

"Estoy cansada", dijo, ahogando un bostezo. "Hablaremos de nuevo mañana". Con eso, arrojó su última ramita a las llamas, se recogió la manta alrededor del cuello y se dio la vuelta. Cole se sentó, considerando sus palabras, sabiendo que ninguna de ellas sonaba de ninguna manera convincente.

Preocupado, le tomó mucho tiempo encontrar el sueño.

Se levantaron temprano y, después de tomar un magro desayuno de sémola y café, se movieron lentamente por la llanura interminable, sin hablar mucho. Julia no desarrolló sus explicaciones de la noche anterior y Cole no la presionó. En su segunda noche estalló una tormenta que iluminó el cielo como si fuera una noche de carnaval. Julia, mucho más relajada, le contó en broma cómo los dioses luchaban en las montañas distantes, las espinas martillaban el cielo con rabia. "Dioses nórdicos", agregó.

Se encogió de hombros, expresión en blanco. "¿Nórdicos? No tengo idea de qué es eso".

"Vikingos", ella dijo, pero él simplemente negó con la cabeza. "Muy bien, ¿qué hay de los griegos? ¿Seguramente has oído hablar de ellos?"

"Conocí a un griego una vez. No recuerdo mucho de él ahora. Luché con él en la Guerra. Recibió una bala en la garganta y tardó tres días en morir".

Ella hizo una mueca. "Los antiguos griegos, señor Cole, eran un poco diferentes".

"¿Ellos eran diferentes?" Agradecido por cualquier cosa para aliviar la monotonía del viaje, Cole gruñó, "nunca fui bueno para la escuela. Aprendí algunas letras y números cuando era poco más que un grano de maíz, pero nunca leí mucho para ser honesto".

Sonriendo, le explicó algo de eso, cómo los dioses y los Titanes lucharon por el dominio del mundo y los dioses, victoriosos, se fueron a vivir al Monte Olimpo, con Zeus el más poderoso. "Hay muchas historias sobre sus dioses. Algunas son emocionantes, otras tristes. Hay algo para todos".

"Estoy seguro, pero en mi caso, no puedo pensar en la idea de que se coman a sus propios hijos". Se rió entre dientes. "Lo más cerca que estuve de los dioses y esas cosas fueron las pocas veces que mi madre me envió a la escuela dominical. Pero eso fue principalmente para enseñarme mis letras, como dije. No aprendí mucho más, lamento decirlo".

"Entonces, ¿no se clasificaría a sí mismo como un hombre religioso, señor Cole?"

"Conozco la diferencia" entre el bien y el mal. Supongo que esa es la única religión que alguien necesita aquí".

"Debes haber visto mucho sufrimiento. Malas acciones. Equivocaciones".

"Sí, pero también he visto bien, señora Julia. He visto gente que sufre contra todo tipo de contratiempos y regresa, más fuerte que nunca".

"¿Usted cree que eso es lo que me va a pasar? ¿Después de lo que ha pasado estos últimos días?"

"Me parece una mujer decidida, señora Julia. Desafiante, fuerte. Creo que saldrás de esto con una nueva determinación".

Ella lo miró a través de las llamas de su segunda fogata. En algún lugar a lo lejos, un coyote aulló, un extraño y solitario sonido. La tormenta distante se retiró aún más lejos, dejando una humedad en el aire pero ningún otro indicio de que el clima había cambiado, aunque fugazmente.

"No saldré por el otro extremo hasta que vea a Burroughs muerto, Sr. Cole".

"Lo verá muy pronto".

Rezo para que tenga razón, señor Cole. Si no es así, me verá haciendo otra matanza". Se dio la vuelta y se cubrió los hombros con la manta. Él la miró hacia atrás hasta que la suave subida y bajada de su respiración se hizo regular, profunda y completa. Sólo entonces se calmó él mismo, con los brazos detrás de la cabeza, mirando hacia la inmensidad del cielo nocturno. Una vez más, no pudo conciliar el sueño, no por muchas horas.

CAPÍTULO DOCE

R oose, de rodillas estudiando el suelo, levantó la cabeza para recorrer el horizonte. Desde su izquierda llegó Oso Pardo, uno de los pocos exploradores Shoshone que quedaban en esta parte del territorio, montado en su poni pinto sin silla, con una Winchester acunada en sus brazos. Se bajó del caballo y se acercó para unirse a Roose. Consideró la tierra raspada y se arrodilló junto al explorador del ejército, examinando la tierra con los dedos. "Dos días", dijo.

"Quizás. Podría tardar un poco más. De cualquier manera, los estamos alcanzando lentamente".

"¿Y cuando los alcancemos?"

Roose se puso de pie y estiró la espalda. "Afortunadamente, esa no es mi decisión", dijo sin aliento. "¿Puedes ver algo más?"

Oso Pardo pasó la palma de su mano por el suelo. "Aquí hay ponis, además de caballos".

"¿Usted cree que sean indios?"

"Algunos. Comancheros también, tal vez. Hombres peligrosos. Tendremos que tener mucho cuidado". Se puso de pie y volvió su mirada hacia las montañas distantes. "Deberíamos decírselo al sargento".

"De acuerdo".

Montaron y se dirigieron de regreso a la pequeña tropa de soldados a caballo que avanzaban pesadamente a través de la tierra reseca. Se veían cansados y abatidos, el calor implacable absorbía la fuerza de sus propios huesos. Al ver que se acercaban, Burroughs levantó una mano y los hombres se detuvieron desordenadamente, todos gimiendo, uno de ellos murmurando: "¿No podemos acampar ahora, sargento?"

Haciendo caso omiso de esta súplica, Burroughs entrecerró los ojos cuando los dos exploradores frenaron a su lado, los caballos resoplando. "¿Qué encontraron?"

"Se adelantan unos dos días", dijo Roose, "se mueven lentamente, lo que con este calor se puede entender".

"Si ellos empujan demasiado a los caballos, van a morir".

"Exactamente", dijo Roose, girando en su silla y haciendo un gesto hacia las montañas. "Si tenemos suerte, podríamos atraparlos antes de que se pongan a cubierto". Volvió a mirar a Burroughs. "Oso Pardo dice que hay ponis entre ellos. Podría significar indios".

"O Comancheros", añadió Oso Pardo.

"¿Crees que los Comancheros vendrían tan al norte?" Inquirió Burroughs.

"Si el precio fuera correcto", continuó Roose, "esos paganos asesinos harían casi cualquier cosa. No son solo comerciantes, todos lo sabemos".

"Escuché que están organizando redadas en todo Nuevo México y en Texas. El ejército lanzará una expedición contra ellos lo suficientemente pronto, pero esto..." Sacudió la cabeza. "Esto no está conectado".

"¿Cómo lo sabe, sargento?"

Burroughs giró la cabeza en dirección al explorador. Llámelo instinto, señor Sterling. Sexto sentido". Él sonrió, "o tal vez solo estoy tomando en cuenta lo que el buen capitán me dijo. Estos son ladrones de caballos que llevan caballos del Ejército a la frontera con México. No son Comancheros negociando con Comanches. Si lo fueran, lo harían aquí", señaló con un dedo hacia el suelo junto a su caballo. "No, este grupo de miserables está comerciando con el ejército mexicano y mi trabajo es detenerlos mientras todavía estén dentro del territorio de los Estados Unidos". Respiró hondo. "¿Dos días dijiste?"

"Más o menos", dijo Oso Pardo.

"Está bien, así que seguimos adelante, durante la noche si es necesario".

"Sus hombres necesitan descansar, sargento", dijo el explorador Shoshone.

"Son mis hombres y yo decidiré qué es lo mejor para ellos, no un sarnoso piel roja".

"Ahora espere, Burroughs", dijo Roose rápidamente. "Oso Pardo es un explorador juramentado del ejército. Usted no tiene derecho a hablarle así".

"Tengo todo el derecho".

Roose se tensó y Oso Pardo puso una mano suavemente sobre el brazo de su camarada, aliviando la tensión creciente casi de inmediato.

Ignorando este intercambio, Burroughs se pasó la lengua por la boca, carraspeó y escupió en el suelo. "Ahora, ya han hecho su trabajo, así que pueden volver al fuerte y decirle al Capitán Phelps que esto está casi terminado".

"¿*Qué?*" Roose volvió su rostro incrédulo hacia Oso Pardo, luego de vuelta al sargento. "¿Está usted loco? ¿Cómo va a rastrearlos por su cuenta?"

"Ya me han mostrado en qué dirección es", dijo Burroughs, "el resto lo podemos hacer por nuestra cuenta".

"Sargento", dijo Oso Pardo en voz baja, "si tienen Comanches con ellos, usted no tiene suficientes hombres para..."

"Deja que yo me preocupe por todo eso, ¿por qué no haces lo que te digo? Ahora ambos se largan antes de que pierda los estribos".

Durante unos instantes, todos se quedaron allí sentados, los dos exploradores sin habla, luchando por aceptar lo que Burroughs, rígido como un pináculo de piedra, había ordenado.

"Vamos, señor Roose", dijo Oso Pardo con un profundo suspiro, "vámonos. Aquí ya no servimos de nada".

Roose iba a discutir, pero aceptó a regañadientes la sabiduría de las palabras de sus compañeros. Pudo ver por el comportamiento del sargento que no iba a cambiar su decisión. Negando con la cabeza, Roose dio una patada a su caballo hacia adelante y los dos exploradores pasaron junto a los jóvenes soldados, quienes los miraban con incredulidad.

"Volverán, ¿no es así?" preguntó uno.

Roose no pudo mirarlo a los ojos cuando dijo: "Me temo que no, hijo. Buena suerte para ti".

"¿Pero cómo sabemos qué camino tomar?" Preguntó otro.

"¿O qué nos espera cuando lleguemos?"

"Cállense las bocas harinosas", ladró Burroughs. "Nos las arreglaremos bien".

Ignorándolo, Roose pateó a su caballo aún más fuerte y se puso al galope, con Oso Pardo moviéndose suavemente detrás de él. Pronto, la tropa no era más que una mancha oscura en ese vasto paisaje.

Fue en el tercer día del viaje de Cole y a la mitad del primero de Roose cuando se encontraron. Cole y Oso Pardo se abrazaron. "Maldita sea, es bueno verte, viejo amigo", dijo Cole, incapaz de evitar que una lágrima le brotara del rabillo del ojo derecho. "No estaba seguro de volver a verte".

Después de muchos más abrazos y palmadas en la espalda, cada uno contó sus historias, acampando en una pequeña depresión, Oso Pardo se ocupaba de la comida mientras Roose se sentaba con la manta alrededor de los hombros, mordisqueando su labio inferior. "Parece que el único hilo conductor que atraviesa toda esta impía historia es Burroughs".

"Así es", dijo Cole, "y si he aprendido algo sobre él, es que tiene un corazón frío y está sediento de sangre. No se detendrá ante nada para conseguir lo que quiere".

"Vender esos caballos".

"Está llevando a esos pobres jóvenes a la muerte", dijo Julia Rickman en voz baja, con la voz temblorosa, traicionando la profundidad de la emoción que la recorría. "Junto con mi esposo, distribuyeron caballos, robados o de otro tipo, por todo el Medio Oeste. Usaron Rickman City y nuestro rancho como base para sus operaciones. Ese despreciable Burroughs coordinó el movimiento de los caballos..."

"Pero luego Spelling comenzó a tener sus propias ideas", dijo Cole, sintiendo inconscientemente el fantasma de la hinchazón a lo largo de la línea de la mandíbula.

"Quizás, si no hubiera llegado, el señor Cole, Spelling y Burroughs se habrían matado en un tiroteo".

"Posiblemente".

Una sonrisa irónica se dibujó en su boca. "O tal vez no. Y sospecho que Burroughs habría salido victorioso. Él tiene esa habilidad".

"Entonces, ¿usted lo conocía bien?"

Ella levantó la cabeza de golpe ante la pregunta de Roose y, por un momento, le brillaron los ojos. Sin embargo, no solo con rabia. Había algo más persistiendo allí, algo que puso nervioso a Cole. "Lo detendremos", dijo rápidamente. Miró significativamente a Sterling Roose, su amigo y compañero explorador. "¿No es así?"

"No dará descanso a sus hombres. Morirán, como dice la señora Rickman, y él alcanzará a los ladrones mucho antes de que lleguen a la frontera. Son tres días de viaje, Cole. Incluso si recorremos todos y cada uno de los días, es poco probable que lo alcancemos".

"Yo podría hacerlo", dijo Cole. "Por mi cuenta, montando duro".

La mano de Julia se estiró y apretó la suya. "No. Usted me prometió que lo llevaríamos y que yo estaría allí para verlo".

"Usted estará", dijo Cole, sonriendo tensamente. "Pero puedo recuperar el terreno mucho más rápido por mi cuenta. Con un caballo de repuesto", asintió con la cabeza a Roose, "podría montar sin descanso".

"¿Y qué sucederá si lo haces?" preguntó Oso Pardo, volviendo a la fogata con platos de hojalata llenos de galletas y tocino frito. "¿Qué harás cuando te encuentres con ellos? ¿Matarlos a todos? ¿Crees que puedes?".

"Si es necesario, sí".

"¡No Reuben!" Los demás se extrañaron con el uso que Julia hizo del nombre de pila de Cole. "No, usted lo prometió. Burroughs debe ser juzgado. ¿Recuerda lo que dijo sobre el bien y el mal?"

"Las circunstancias han cambiado", dijo Cole, con la boca en una línea dura. "Lo agarraré vivo, si puedo".

"*Usted lo prometió*".

Sé lo que dije y soy un hombre de palabra, Julia. Usted tiene que confiar en mí en esto".

El silencio se apoderó de todos ellos, hasta que Julia, luchando por mantener la voz bajo control, dijo por fin: "Vamos todos a dormir. Por la mañana podemos volver a hablar de ello".

Con poco más que decir al respecto, se retiraron a sus camas improvisadas, se estiraron bajo las estrellas, se acurrucaron bajo sus mantas junto al fuego bien abastecido.

En algún momento de la noche, Cole se despertó y, tan silenciosamente como pudo, preparó su caballo. Deliberó un rato antes de decidirse por tomar el caballo de Julia, pensando que la mejor opción para no dañar su amistad con Roose, era usar la montura de su amigo para hacer el cambio durante el largo y forzado viaje.

Mientras alejaba a los caballos del campamento, una figura salió de la oscuridad, lo que hizo que Cole se detuviera y extrajera el Colt de Caballería, el sonido de tirar del martillo se amplificó una miríada de veces en esa noche fría y tranquila.

"Espera Reuben, soy solo yo", dijo la voz baja de Oso Pardo. "Estoy asustado. Cuando cabalgamos juntos hace tantos años, eras joven y fuerte. Aprendiste todo sobre la muerte y la pérdida, así como mucho más". Él sonrió. "Te has convertido en un rastreador experto, amigo mío. Pero el hecho de ir a enfrentarte a tantos, no estoy seguro de que sea prudente".

"Tengo que hacer esto", dijo Cole en un susurro, deslizando el Colt de nuevo en su funda. "No me gustaría pensar que podrías intentar detenerme".

"No. Mi objetivo es ir contigo".

Cole frunció el ceño y ladeó la cabeza. "Esto lo haré mejor estando solo".

"Hasta que te encuentres con ellos. Hay indios con ellos. Darán vueltas a tu alrededor antes de que te des cuenta de lo que está sucediendo. Puedo ayudar".

"Le dejé una nota a Sterling, explicándole las cosas".

"Él lo entenderá".

Dejando salir el aliento en una corriente larga y baja, Cole se encogió de hombros. "Veo el sentido de eso", dijo.

"Entonces será como en los viejos tiempos, amigo".

"Sí, supongo que así será".

Lentamente, sin más conversación, los dos hombres se fueron, adentrándose en la noche como si fueran parte de ella. Nadie se quedó atrás conmovido por su partida y cuando Roose y Julia se despertaron, los dos exploradores estaban muy lejos, devorando los kilómetros en su implacable y decidido viaje.

CAPÍTULO TRECE

Hacia la tarde, llevaron a sus caballos por el arroyo, para tomar un respiro del calor, que agotó cada gramo de sus fuerzas, dejándolos letárgicos, de mal humor y desesperados por dormir.

"Pensé que estaba destinado a hacer frío por la noche", dijo un soldado delgado y de aspecto hambriento llamado Nolan mientras guiaba con cautela a su gran ruano hasta el fondo del barranco.

Los demás, moviéndose con igual cautela, se unieron a él. "Son las rocas", dijo el cabo Dewy, levantando su propio caballo antes de deslizarse de la silla. Arqueó la espalda y dejó escapar un fuerte gemido.

"¿Rocas?" Nolan desmontó, pasando inmediatamente por una serie de giros y estiramientos para aliviar los calambres de sus articulaciones. Le parecía que había vivido casi toda su vida en la silla de montar.

"Aspiran el calor durante todo el día y luego lo liberan cuando se pone el sol. Acércate lo suficiente a ellas y te cocinarás como uno de los pasteles de calabaza de tu mamá".

Los demás se rieron, pero fue un sonido sordo y deprimido. Había poco buen humor dentro de este grupo.

Después de atar sus monturas, se dispusieron a preparar un campamento improvisado, recogiendo la madera que pudieron. Taylor, el mayor del grupo, era el cocinero elegido, un puesto que le molestaba porque tenía poca fe en sus habilidades. Sin embargo, nadie más intentó prender fuego y poner la sartén, así que se puso a llenar una olla de agua en un silencio sombrío. Sacó trozos de carne seca y salada de sus alforjas y las removió en el agua sucia junto con un trozo de cebolla enrollada que había logrado conservar.

Unos diez minutos más tarde, el soldado Lomax puso pedernal sobre acero y logró encender la leña metida debajo de las ramitas y ramas apiladas. Casi plano sobre su vientre, sopló suavemente las diminutas brasas hasta que estallaron, las llamas lamieron los trozos de madera secos. Al darse la vuelta, Lomax miró con reverencia sus logros y comenzó a apilar trozos de madera más grandes y pesados hasta que el fuego rugió.

"Creo que te has exagerado un poco", comentó Nolan, protegiéndose la cara del calor.

"Si crees que puedes hacerlo mejor, hazlo", dijo Lomax. Siempre a prueba, su paciencia estuvo a punto de colapsar tras el implacable calor del día y el aburrimiento de su prolongado paseo.

"No estoy diciendo eso", continuó Nolan.

"Entonces, ¿qué estás diciendo?"

"Solo que no necesitabas haber puesto tanta madera, eso es todo. Es posible que estés susceptible esta noche, Lomax. ¿Qué te ha despertado, pedo en una taza?"

"Ustedes dos, dejen eso ya", espetó Dewy, sentado en una gran roca mientras se quitaba las botas. Estudió sus calcetines raídos antes de quitárselos. Sacudió la cabeza y se dijo casi para sí mismo: "Voy a tener que zurcir esto".

"Oh, fuego", dijo Taylor, avanzando lentamente hacia el fuego crepitante con su olla llena de carne y cebollas. "No puedo agarrar eso, Lomax. Tendré que esperar hasta que se apague un poco".

"Entonces hazlo, viejo tonto".

"¡Cuida tu boca, Lomax, o te daré la cena por el agujero equivocado!"

"Ya es suficiente", gritó Dewy, poniéndose de pie. Maldijo cuando una multitud de piedras diminutas y afiladas le cortaron las plantas de los pies. Cuando se derrumbó de nuevo sobre la roca, Lomax dio su primer golpe. Era un hombre corpulento, cargaba mucho peso alrededor de su estómago, pero no era un luchador. El golpe era salvaje y amplio, y Taylor se deslizó sin problemas. Sosteniendo la olla en una mano, su otra se estrelló contra la costilla flotante derecha de Lomax con la fuerza de un martinete. No fue tan duro como hubiera deseado, era consciente de su estofado sin hacer, sin embargo, el golpe fue lo suficientemente bueno como para dejar caer a Lomax de rodillas. Gritó y se quedó allí, doblado en dos, respirando con dificultad.

"Eres un idiota gordo", dijo Taylor y colocó la olla lo más cerca que pudo del fuego. Volviendo a los caballos, le lanzó a Dewy una mirada penetrante. "Tengo un puesto de cacerolas en alguna parte. Mientras tanto, para evitar más discusiones, envía a dos chicos a dispararle a algunas liebres".

"¿Liebres? No habrá ninguna por aquí".

"Bueno, podrían haber. Les dará algo que hacer en lugar de quitarse pedazos unos a otros".

"Sí, eso creo. Está bien", levantó la cabeza, "Nolan, toma tu carabina del otro lado y mira si puedes disparar algo para la cena. Llévate a Lomax cuando pueda volver a respirar".

Mientras Taylor hurgaba dentro de sus alforjas en busca del soporte triangular para macetas que creía que se había escondido en algún lugar, los otros dos soldados se marcharon, ambos maldiciendo en voz baja, pero ninguno de los dos le dio a Taylor ni siquiera una mirada.

El campamento, o lo que quedaba de él, se quedó finalmente en silencio.

. . .

El sargento Burroughs se instaló entre una colección de rocas lisas, algunas tan grandes como una casa. Observó el horizonte, los colores del cielo cambiando lentamente, de profundos púrpuras y malvas a naranjas y rojos. Lo había oído decir que si el cielo ardía así, el día siguiente sería bueno. Bien de qué manera, se preguntó para sí mismo mientras sacaba un delgado cigarro del bolsillo de su camisa. Lo encendió, aspiró el humo y dejó que se filtrara dentro por un momento antes de soltarlo en una larga corriente gris.

Hace muchos años, su papá, mientras yacía en su lecho de muerte, le regaló a Burroughs un reloj de bolsillo suave y gastado. La cadena había desaparecido hacía mucho tiempo, pero el reloj seguía en buen estado. Recordó cómo su papá le contó la historia de que era francés, cómo un viejo rey de esa tierra hizo una colección de relojes y otras piezas, y que este pequeño llavero con caja de plata era parte de esa colección. Cierto o no, Burroughs rara vez se preocupaba por esas trivialidades. Mientras funcionara, eso era todo lo que le importaba. Papá había muerto hacía mucho tiempo, pero la vigilancia continuó. Burroughs recordó la enorme sensación de alivio cuando su papá dio su último aliento. Nunca se habían llevado bien. Burroughs recordó las palizas cuando era más joven, los gritos y maldiciones, cómo su pobre y querida mamá lloraba hasta bien entrada la noche mientras papá bebía hasta perder el conocimiento. Esas cosas las mantenía presionadas en los rincones de su mente, pero todo conspiraba para enojarlo y resentirlo con todos, pero principalmente con aquellos que nunca parecían luchar o comprender el dolor. No ser amado. El mayor dolor de todos ellos.

Abrió la tapa del llavero y miró el minutero que apenas se movía. ¿Por qué, se preguntó, el tiempo pasaba tan lentamente cuando querías que fuera rápido? ¿Y no era también cierto que cuando necesitabas más tiempo, simplemente se desvanecía? Nunca pudo entenderlo. Suspiró, cerró el reloj de golpe y lo volvió a guardar en un bolsillo. Otro trago largo del cigarro. Al anochecer todo habría terminado, se convenció a sí mismo. Solo entonces podría dormir un poco.

No era la primera vez que se preguntaba por la justificación de lo que iba a suceder. Sí, estaba enojado. Sí, el odio lo carcomía implacablemente. Pero esos hombres, sus soldados, nada de esto había sido culpa suya. ¿Cómo habían contribuido a su dolorosa existencia? No había respuesta porque no había justificación. Era simplemente algo que tenía que hacerse. Para redondear los bordes. Para mantener todo limpio y ordenado. Los hombres se perdían en esta vasta extensión de matorrales todo el tiempo, muchos muriendo, locos de sed. Aquellos que lograron equivocarse más que probablemente fueron atacados por Utes, Kiowa, Apaches o, Dios los ayude, Comanches. Las bandas continuaban deambulando. Mucho menos que en el pasado, pero aun así, los renegados lograron hacer sentir su presencia. Nadie con autoridad pensaría en cuestionar nada de eso. Y nadie los vendría a buscar. Cole ya estaría muerto hace mucho tiempo si Spelling hubiera hecho lo que se había acordado. Roose y el indio, cuyo nombre nunca pudo recordar, no regresarían. No había ninguna razón para que lo hicieran. Burroughs y sus hombres habían sido devorados en su desesperado intento por localizar a los ladrones de caballos. Se necesitaban sacrificios para creer en el plan. Una vez que este último asunto necesario estuviera completo, estaría libre del miedo a ser perseguido y podría vender los caballos. Luego, finalmente, acomodarse en un lugar cálido, en algún lugar tranquilo, y dejar todo atrás.

Un asunto necesario. Eso era todo lo que era.

Por enésima vez, Lomax perdió el equilibrio entre el pedregal y cayó pesadamente, esta vez torciéndose un tobillo, lo que hizo que gritara y se agarrara el pie. Su carabina repiqueteó junto a él.

"¿Qué diablos has hecho ahora?" preguntó Nolan, aprovechando la oportunidad para detenerse y limpiarse la frente con su pañuelo. "Parece que cada paso que das está en peligro de romperte el cuello".

Meciéndose hacia adelante y hacia atrás mientras se sujetaba el tobillo, Lomax hizo una mueca, apretando los dientes en su rostro pálido. "Seguro que estás lleno de preocupación, ¿no es así, Nolan?"

"¿Preocupación? ¿Por ti? Te digo algo, desearía que ese viejo Taylor te hubiera azotado bien, ¡tal vez te diera buenos modales!"

"Bueno, me tomó con la guardia baja, eso fue lo que hizo. Como él, astuto y cobarde".

"¿Cobardemente? Lomax, parece que necesitas una gran dosis de realidad". Ladeó la cabeza y sonrió. "Parece que no irás mucho más lejos de todos modos. Continuaré por el camino, veré si puedo conseguirme un conejo. Simplemente siéntate y relájate, ¿por qué no?" Se rió de su propio sarcasmo y Lomax gimió en respuesta, con los ojos cerrados con fuerza, absorbiendo el dolor.

Continuando disfrutando de sus ocurrencias, Nolan se alejó, siguiendo un camino muy trillado que serpenteaba alrededor de un afloramiento rocoso que sobresalía, dejando a Lomax murmurando y gimiendo.

Cada paso lo alejaba más del maullido chirriante de Lomax hasta que, por fin, ya no podía oírlo. Aprovechó la oportunidad para detenerse, respirar profundamente y tratar de obligarse a sí mismo a relajarse. Todos necesitaban alejarse de esta tierra, el sol, el calor. Deseó haber sido uno de los hombres elegidos por Burroughs para regresar y encontrar a Cole. Porque eso es lo que Burroughs quiso decir cuando ordenó a Ashton y Buller que encontraran a Cole. Quizás lo maten. Las razones de esto eran un misterio para Nolan, y prefirió no insistir en nada de eso.

Burroughs estaba planeando algo, eso era seguro, pero fuera lo que fuese, Nolan no quería saberlo. Ya tenía suficiente con sus propios problemas, el principal de ellos era Lomax. Tarde o temprano iban a llegar a las manos y la idea era inquietante.

Había visto a Taylor aterrizar ese golpe como un profesional, pero dudaba que alguna vez pudiera ser tan bueno. Lomax, un hombre grande, resultaría un puñado y bien podría ser el que esté sobre Nolan, victorioso. El pensamiento hizo que se le revolviera el estómago.

Algo se escabulló de detrás de una roca y Nolan se volvió, accionando la palanca de la carabina. Se quedó clavado en el lugar, esperando, con los ojos moviéndose de izquierda a derecha, pero lo que sea que se haya movido ya no estaba a la vista. El silencio era total.

Se relajó y se enderezó. Toda la empresa no era más que una pérdida de tiempo, así que, poniéndose la carabina al hombro, decidió volver a Lomax y convencerle de que deberían volver al campamento. No le dispararían a conejos, ni este día ni ningún otro.

Antes de doblar la esquina para seguir la pista de regreso a donde estaba sentado su compañero, Nolan sabía que algo andaba mal.

Lomax ya no estaba en la roca. Ya no estaba curando su tobillo.

Yacía tendido en el suelo, una flecha sobresalía de su garganta y le faltaba la carabina.

Echando a correr, incapaz de pensar con claridad, solo consciente de la sensación de pavor que lo envolvía, Nolan se detuvo al lado de su antiguo compañero y miró a los ojos sin vida del grandullón. La flecha, incrustada profundamente, que tenía que significar que el autor del hecho debió haber estado cerca. Tan cerca que Lomax probablemente podría oler su aliento. Pero Nolan sabía que los indios se movían en silencio sepulcral. Había leído las historias, las novelas de diez centavos. Escuchó a los viejos sudaderas en el Fuerte contando sus historias de horror y sangre. Los indios eran mortales. Además, todavía estaban por ahí, asaltando asentamientos en busca de caballos y comida. Asesinando.

Tal como aquí. Ahora.

Sin atreverse a detenerse, siguió corriendo, con la cabeza gacha, subiendo la fuerte pendiente hasta la cima donde, menos de una hora antes, Lomax y él se habían acercado en busca de conejos para disparar. Menos de una hora. A Nolan le pareció que había pasado una eternidad cuando, jadeando, llegó a la cima y miró hacia la cuenca del arroyo.

Esperaba ver a sus camaradas todavía allí. Taylor preparando su estofado, Dewy sin duda llenando una pipa para fumar mientras contempla la vida.

Ellos todavía estaban allí, pero no como había esperado Nolan.

Hipnotizado a través del puro terror, observó cómo los indios continuaban con su trabajo grisáceo. Uno, montado a horcajadas sobre Dewy, hizo un gran drama al cortar la parte superior de la cabeza del cabo, mientras dos más luchaban con Taylor. Un tercer indio yacía tendido en el suelo y Nolan sintió que una pequeña oleada de orgullo lo recorría al verlo. El viejo cocinero había hecho todo lo posible. No iba a caer sin luchar. Pero incluso ahora, mientras sostenía a uno de sus atacantes por la muñeca y golpeaba una rodilla en la ingle del hombre, el otro se deslizó por detrás y hundió una hoja de aspecto cruel profundamente en la espalda de Taylor. Taylor chilló a todo pulmón, se dobló y se derrumbó de rodillas y el cuchillero echó hacia atrás la hoja para dar el golpe mortal.

Nolan vio lo suficiente y se puso en acción, se deslizó por la pendiente, empuñando su carabina como un garrote. Su carrera hacia adelante continuó sin interrupción mientras golpeaba al guerrero que sostenía el cuero cabelludo de Dewey en alto con la culata de su arma. Cayendo sobre los demás, rompió la culata a través de la mandíbula del cuchillero, no una, sino dos, tirándolo al suelo, y pateó al otro directamente en la garganta. Dejándose caer al lado de Taylor, dejó la carabina en el suelo y sostuvo al viejo cocinero por los hombros.

El anciano levantó la cabeza. Había lágrimas en sus ojos. "Corre, hijo. Toma tu caballo y corre.

"Tengo que salvar al sargento. Habrá otros".

"No". Taylor de repente se arrugó, la cara se puso morada mientras su cuerpo se consumía con tos desgarrada. "No", dijo de nuevo cuando se recuperó un poco. "Él es uno de ellos. Estos son renegados. Están mexicanos y texanos con ellos. Burroughs, él..." Siguieron más toses, un sonido tan áspero y doloroso antes de que el anciano se desplomara a su derecha y sufriera un espasmo, las piernas pateando, el cuerpo temblando.

Nolan, sabiendo que había llegado la hora del viejo cocinero, levantó la carabina y se dispuso a disparar al indio quejumbroso en el suelo. Pero luego se dio cuenta de que hasta ese momento nadie había disparado. Una bala en la cabeza de este diablo alertaría a los demás y su propia muerte lo seguiría rápidamente. Entonces, dándole a Taylor una última y prolongada mirada, acabó con los dos indios heridos rompiéndoles el cráneo con su carabina.

Se alejó rodando, con su repugnante trabajo terminado, trepó por la pendiente opuesta, para tratar de encontrarle algún sentido a lo que podría estar haciendo Burroughs. Burroughs, su sargento, su comandante de tropa, ¿lo había orquestado todo? Los había llevado a todos aquí a la muerte. Eso es lo que quería decir Taylor. La dolorosa verdad, la profundidad de la traición del sargento, se combinaron para casi abrumar a Nolan y durante muchos espantosos segundos le resultó imposible aceptarlo. Se derrumbó en el suelo, meciéndose suavemente hacia atrás y hacia adelante, acunando su carabina como si fuera un bebé, lo único que lo reconfortaba.

Un gemido procedente de su derecha le obligó a volver a la realidad. Nolan miró a uno de los indios heridos, se puso de pie y dejó atrás el osario en el que se había convertido el campamento.

CAPÍTULO CATORCE

Lo vieron, ya que el sol no era más que un orbe opaco en el cielo. La mancha en el horizonte se hizo más clara cuando el jinete se enfocó con nitidez y Cole, refrenando su caballo, sacó los anteojos de su estuche de cuero.

"Es un soldado", dijo Oso Pardo, "puedo ver sus pantalones azules, la raya amarilla".

"Estoy tratando de averiguar quién es exactamente", dijo Cole, sin querer involucrar al explorador indio con explicaciones en gran parte inútiles de que él también podía ver que el jinete era un soldado. Todo lo que quería saber era si era Burroughs. No lo era. Era un soldado de caballería que no reconoció, pero por su aspecto, estaba huyendo de algo, algo grande.

Oso Pardo ya estaba sacando su Winchester de su funda.

"Creo que lo necesitarás, pero no todavía", dijo Cole, devolviendo los binoculares a su estuche. "Vamos a ponernos a cubierto en esas rocas", señaló a un montón de rocas escarpadas.

"¿Estás huyendo de él?"

Cole le dio al explorador una mirada fulminante. "Solo haz lo que te digo", gruñó y condujo su caballo hacia el grupo de rocas. En un abrir y cerrar de ojos, Oso Pardo se colocó detrás de él.

Colocando sus caballos fuera de la vista, Cole se acercó a una gran roca, con el Henry en la mano.

"Entonces, lo matarás tendiéndole una emboscada". Oso Pardo miró hacia otro lado, con la boca hacia abajo con disgusto. "Como una serpiente".

"Demonios, sabes que solo tenemos una oportunidad en esto. No me juzgues con demasiada dureza. Lo que estamos haciendo aquí no es peor que lo que hicimos en San Bonifacio. ¿Lo recuerdas? ¿No es así, Oso Pardo?

"Recuerdo todo sobre eso, cómo esos hombres intentaron matarme y tú... Me salvaste la vida, Reuben. Te lo dije entonces, nunca podré pagarte por lo que hiciste".

"¡No empieces a sentirte tan sensible por mi causa!" Se rió entre dientes y comprobó la carga de su rifle.

"¿Y planeas enfrentarte a ellos con ese viejo Henry? ¿Crees que puedes causar mucho daño con eso?"

"Este viejo Henry, como lo llamas", dijo Cole palmeando el bloque de latón, "es una de las mejores armas de fuego disponibles. Tiene más de quince años y nunca me ha defraudado".

Gruñendo, Oso Pardo se obligó a centrar su atención una vez más en el espacio abierto que se extendía ante ellos, y el jinete que usaba sus riendas para azotar el cuello de su caballo, instándolo a galopar cada vez más rápido.

Mientras tanto, Cole apuntó a lo largo del cañón de Henry, respiró hondo y esperó hasta que el soldado estuvo prácticamente enfrente. Apretó el gatillo para soltar una sola ronda.

El proyectil golpeó el suelo a centímetros de los cascos delanteros del caballo que galopaba, lo que hizo que el animal gritara de terror y virara bruscamente lejos del disparo ofensivo.

Otra bala provocó al caballo a encabritarse y moverse salvajemente. El jinete, perdido desesperadamente, tuvo poco tiempo para reaccionar y cayó pesadamente al suelo, el impacto hizo que el aliento saliera a borbotones. Se quedó quieto, con los ojos bien abiertos, la conmoción y el miedo se mezclaron para ponerlo en una especie de estado catatónico.

"Coge su caballo", dijo Cole, ya saltando desde la gran roca y moviéndose con determinación hacia el soldado tembloroso. Miró por encima del hombro para ver a Oso Pardo parado allí, sacudiendo la cabeza.

"Eso es exactamente lo que hiciste cuando me salvaste la vida. Es como si hubiera sido ayer".

Cole dejó escapar un largo suspiro. "Coge el caballo, antes de que se aleje demasiado". El caballo del soldado ya estaba haciendo todo lo posible para hacer precisamente eso.

Cuando Oso Pardo finalmente reaccionó, Cole se acercó al soldado y se paró junto a él, haciendo otra ronda en la recámara de su Henry. "¿Estás con Burroughs?" Preguntó simplemente.

Desde algún lugar dentro de sus sentidos mutilados, un rayo de comprensión cruzó los ojos del soldado. Frunció el ceño y tomó una gran bocanada de aire. "¿Quién...?"

"No te preocupes demasiado, hijo. No te voy a matar". Sonrió y se llevó el Henry al hombro. "De cualquier manera, no todavía".

Debajo de él, el soldado se retorció y emitió pequeños ruidos de animales. "Por favor", se las arregló para decir.

"Necesito saber dónde está Burroughs. Él es todo lo que me interesa, nada más".

"Le llevaré con él".

Lentamente, Cole bajó su arma. "Esa es una buena decisión".

Se sentaron a tomar café mientras Oso Pardo quitaba las monturas de los caballos y se dedicaba a cepillarlos con un paño tosco.

"Entonces, ¿nunca llegaste al punto de encuentro?" Preguntó Cole, sin apartar los ojos del joven soldado que estaba sentado tomando su café entre ambas manos, con la cabeza gacha, su cuerpo parecía como si hubiera implosionado dentro de sí mismo. Un hombre cerca del borde. Un hombre lisiado por el miedo o por el recuerdo.

El soldado negó con la cabeza. "No es que yo supiera hacia donde nos dirigíamos. Burroughs nunca dejó en claro hacia dónde encaminábamos exactamente. Simplemente asumí que íbamos a detener a los ladrones de caballos".

Gruñendo, Cole terminó su bebida y arrojó los restos al pequeño fuego que crepitaba a su lado. "Me encontré con dos de tu tropa. Burroughs me los envió, supongo. No los volverá a ver".

"Esos serían Ashton y Buller. Burroughs los envió por usted". Cole asintió. "¿Usted los mató?"

"No tuve que hacerlo. Otro de los compinches de Burroughs, un viejo forajido conocido como Spelling. ¿Has oído hablar de él?"

"No, señor".

Al estudiar al joven soldado, Cole sintió que sus palabras eran veraces. "Ese hombre Burroughs es un traicionero, apuñala por la espalda como sin duda ahora comprenderás"

"Ya lo creo. Después de ver lo que esos salvajes le habían hecho a mis amigos, me acerqué a la colina para verlo conversar con más de ellos. Se estaba riendo. Tenía la cabeza echada hacia atrás. Entre amigos".

"Él era el que estaba a cargo del robo de los caballos".

"¿Era el jefe?"

Cole asintió y vio que el rostro del soldado se arrugaba en una mueca de rabia apenas contenida. "Me diriges hacia donde se encuentra y le serviré la justicia que se merece".

"Lo haré, no se preocupe. Aunque debo volver a ese infierno, me escapé. La forma en que masacraron a mis amigos..." Se estremeció y sacudió la cabeza.

"Burroughs te usó, como usó a mucha gente. Y ahora, tal vez sin duda ha enviado a algunos de ellos a perseguirte, para matarte. No puede permitirse que regreses al fuerte y le cuentes al capitán Phelps lo que sucedió".

"Sí, eso creo. Me marché tan rápido como pude después de ver a Burroughs con esos demonios y vi al que había golpeado con mi carabina deambulando como un ciego. Creo que cuando se recuperó, le contó a Burroughs lo que había sucedido".

"Bueno, lo que sea que haya dicho o no haya dicho, Burroughs aún no ha enviado a nadie tras de ti. Estarían aquí ahora, pero no lo están. Así que... Extendió la mano y apretó el antebrazo del joven soldado. "Pienso que lo hará, así que no tenemos otra opción".

"Lo sé y lo he aceptado. Y, ¿sabe qué? Estoy deseando volver a verlo, mirarlo a la cara y verlo morir".

"Dije que le haría justicia, hijo. No retribución".

"Son la misma cosa".

"No siempre".

"En este caso lo son".

Cole quería estar de acuerdo, pero algo lo detuvo. No quería darle al soldado su bendición para matar a Burroughs tan pronto como lo alcanzaran. En cambio, gruñó de nuevo y se puso de pie. Se estiró y miró a Oso Pardo. "¿Cuánto tiempo?"

El explorador se encogió de hombros. "Una vez que hayan tomado agua, un poco de avena... Una hora".

"Para entonces será de noche". Cole miró al soldado. "¿Estás seguro de que estás preparado para esto?"

"Absolutamente".

"¿Y cómo te llamas? Si vamos a viajar juntos, necesitamos que nos presentemos. Soy Cole".

"Es bueno conocerlo, señor Cole. Mi nombre es Nolan. Tobías Nolan, Soldado de Caballería de los Estados Unidos"

"Ese de allí es Oso Pardo".

Nolan frunció el ceño. "Es un indio. ¿Cómo es que usted viaja con un salvaje?"

"Hijo, es un explorador. Un hombre. Lo mejor es que recuerdes eso cuando comience el tiroteo".

"Los que mataron a mis amigos eran como él. ¿Cómo espera que me sienta? Son todos iguales".

"¿Como son los blancos, supongo?"

"¿Eh?"

Rodando su lengua dentro de su boca, Cole se inclinó y escupió en el suelo.

Créeme, hijo, he conocido a gente blanca mucho peor que cualquier supuesto salvaje. Tu sargento Burroughs es solo un ejemplo. Hay muchos más".

"Incluso si eso es así, todo lo que le puedo decir es que lo mantenga bien lejos de mí. Y no detrás de mí".

"Hijo, si sigues hablando de esa manera, perderás algunos dientes. Ahora cálmate, bebe tu café y piensa en quién te metió en este lío en primer lugar".

"Yo sé quién fue".

"Bien. Entonces, recuerda que no era indio".

Nolan, todavía acurrucado, pareció hundir aún más el cuello en su pecho y no ofreció más comentarios, lo que para Cole fue un alivio. Se sentía cansado y la idea de romperle la mandíbula al patético pequeño soldado no lo llenaba de mucha alegre anticipación.

CAPÍTULO QUINCE

Burroughs estaba entre los muertos en el arroyo, con las manos en las caderas, sumido en sus pensamientos. Temprano en la mañana, el campamento estaba saliendo de una larga noche de sueño. Todos comían su desayuno con entusiasmo y Burroughs no había tomado parte, prefiriendo sentarse lejos de los demás y disfrutar de una taza de café hirviendo. Ahora, con el día avanzando, miró los cuerpos de sus antiguos compañeros sin un atisbo de conciencia. No eran sus muertes lo que le preocupaba. Fue vagamente consciente de la gente que se movía a su alrededor, pero fue solo cuando una mano le tocó el hombro que se sobresaltó y giró la cabeza. Ante él había un individuo de aspecto moreno, vestido con chaqueta negra, pantalones a rayas y botas de montar hasta la rodilla. Llevaba dos pistolas. Cualquiera que lo mirara, sin embargo, no podía evitar sentirse atraído por el rasgo más prominente de este hombre. En el ojo derecho, llevaba un parche. Desde el borde más bajo, una cicatriz roja virulenta corría por un lado de su cara hasta la esquina de su boca, ahora retorcida en una parodia de una sonrisa. "Se ha ido. No tiene sentido preocuparse por eso ahora".

"Él informará al fuerte, les contará lo que ha sucedido".

"¿Y qué? Para cuando llegue y convenza a su comandante de

que envíe otra tropa, estaremos al otro lado de la frontera, bebiendo tequila y contando nuestro dinero".

La voz del hombre tenía un fuerte acento. Un mexicano y no era el único. Entre la banda de individuos dispares que deambulaban, junto con una pandilla de mexicanos de aspecto violento, había indios, estadounidenses y un escocés. Burroughs, considerándolos desde lejos, no recibió consuelo de su presencia. Es cierto que ellos, especialmente los indios, habían demostrado su valía, pero sabía muy bien que no se podía confiar en ninguno de ellos. Dudaba mucho que estuviera vivo para beber ese tequila. Tan pronto como cerrara el trato con las autoridades mexicanas, cualquiera de este grupo le degollaría. Si iba a sobrevivir, tendría que hacer su movimiento casi tan pronto como cruzaran el Río Grande y matarlos a todos.

"Sí", dijo, alejándose del ojo del hombre moreno que miraba fijamente, "tienes razón. Pero desearía que lo hubiéramos bajado antes de que se las arreglara para escapar". Soltó un suspiro, manteniendo sus sentimientos bien ocultos. O eso esperaba. Este hombre, Javi el Torre, como se le conocía, era probablemente el más peligroso de todos.

"Nos iremos", dijo El Torre, rodando los hombros y sacando un cigarro negro de su abrigo. "Llegaremos a la frontera en dos días más. No podemos hacer correr los caballos demasiado fuerte".

"¿Están bien protegidos?"

El Torre arqueó una ceja y encendió su cigarro. "¿Me toma por idiota, *amigo*?"

"Por supuesto que no, yo solo estaba..."

"No te preocupes por mi competencia, *amigo*. Los caballos están a salvo y mis vaqueros hacen bien su trabajo. Debes confiar en mí, *amigo*".

"Lo hago, Javi. Por supuesto que sí. Tomaste esos caballos en primer lugar, y no por primera vez. Has sido un buen socio para mí, pero esta debe ser la última vez. Ahora estoy comprometido. Espero que lo entiendas".

"Sí, amigo, por supuesto que lo entiendo". Otro apretón y esta vez su sonrisa se convirtió en una amplia sonrisa, el cigarro apretado entre sus dientes blancos y uniformes. "Lo hemos hecho bien, hemos ganado mucho dinero. Mejor que robar bancos". Se rió entre dientes y se alejó, llamando a los demás para que subieran y se fueran. Burroughs observó y se preguntó qué le depararía el futuro. Quizás ni siquiera llegaría a la frontera, pues El Torre creía que solo él podría negociar un mejor trato con los Federales. Si esto fuera así, entonces Burroughs podría tener que hacer su movimiento antes de lo que había imaginado. El Torre siempre actuaría en su propio interés. Si creía que no tenía más uso para Burroughs, entonces atacaría.

Inconscientemente, la mano de Burroughs se movió hacia su Colt de caballería en su cadera.

Había más de doce de ellos. Él, por otro lado, estaba solo. Las opciones ahora eran repentinamente muy limitadas, e interiormente gimió ante la perspectiva de la violencia que se avecinaba, sin importar cuán necesaria pudiera ser.

"Oye, *amigo*", gritó la voz de El Torre y Burroughs se volvió para ver al mexicano ya montado, luchando por mantener firme su caballo. "Debemos irnos. ¡Vamos!"

Burroughs asintió con un gruñido, se acercó a su propio caballo y vio a los dos hombres de pie cerca, cada uno con un Winchester en las manos. Su corazón casi se detuvo. ¿Era este el momento? Redujo la velocidad, midiendo a cada uno de los hombres silenciosos e inmóviles, y dejó que su mano colgara junto a su Colt. Hacía mucho tiempo que había cortado la solapa de regulación de la funda, dejando la pistola siempre lista para su uso.

Como a seis pasos de los hombres, se detuvo.

"¿Qué es esto?" él dijo.

Ninguno de los dos se movió. Parecían estar esperando algún tipo de señal. Quizás de El Torre. Burroughs respiró hondo y se estabilizó.

. . .

Acercándose a pie, Cole y Nolan corretearon sobre los numerosos afloramientos rocosos, manteniéndose agachados, con las carabinas preparadas. Al llegar a la colina tenían una vista ininterrumpida del campamento. Un grupo de indios, junto con una colección de individuos de aspecto rudo, se estaban preparando para mudarse. Un hombre delgado y vestido de negro se mantenía apartado, mirando intensamente hacia otro grupo. Dos jinetes, con armas en las manos con guantes de cuero, estaban a media docena de pasos de otro, de espaldas a Cole y su socio.

"Ese es Burroughs", siseó Nolan e inmediatamente se llevó la carabina al hombro. Al instante, Cole agarró el brazo del joven soldado. Nolan giró bruscamente la cabeza. "¿Qué? ¡Te lo dije, lo voy a matar!"

"Y yo te dije que lo íbamos a capturar".

"No. Él muere". Nolan le soltó el brazo. "Después de lo que hizo, se lo merece". Cerrando un ojo, entrecerró los ojos a lo largo del cañón, el dedo índice derecho se enroscó alrededor del gatillo.

Cole golpeó con la palma de su mano el brazo de Nolan, tirando al joven soldado hacia la izquierda. La carabina se disparó y la aguda réplica resonó en la llanura. Maldiciendo, Nolan luchó por girarse, pero Cole fue demasiado rápido y le golpeó la mandíbula con el puño. Nolan gruñó y se derrumbó, la pelea abandonó su cuerpo casi de inmediato pero, cuando Cole miró de nuevo hacia el campamento, vio con demasiada claridad que las cosas ya estaban cambiando.

Sonó un solo disparo. Burroughs instintivamente se agachó, se volvió y miró hacia donde creía que se había originado el disparo. En la periferia de su visión, vio a los dos pistoleros moviéndose, se inclinó y, aprovechando la oportunidad, giró en su dirección, con el Colt en la mano. Aventuró el martillo, derribando a los dos hombres armados con una ráfaga de balas. Luego, sin esperar ninguna reacción de El Torre ni de nadie más, corrió hacia alguna cubierta cercana.

Al caer sobre un grupo de aulagas, una bala silbó al rojo vivo por encima de su cabeza, dejándolo sin saber qué le deparaba El Torre. Rodando por el suelo, se alojó detrás de una roca y buscó a tientas balas nuevas del pequeño estuche de cuero duro que tenía en el cinturón. Reemplazando los cartuchos gastados, hizo girar el cilindro e hizo todo lo posible por recomponerse, concentrándose en estabilizar su respiración mientras escuchaba y trataba de evaluar la dirección desde la que se acercaban sus atacantes.

———

El Torre hizo una señal a sus hombres para que se extendieran por ambos flancos, lo que hicieron sin discutir. Confiados en su número, se movieron con una fluidez aterradora, saltando a través de rocas, rodeando matorrales rotos, lanzándose de un pedazo de refugio a otro. Mientras avanzaban hacia su presa, El Torre avanzaba implacablemente con aparente desdén, casi como si desafiara a Burroughs a salir y enfrentarlo. Pistola en mano y dientes apretados en una sonrisa maníaca, tan concentrado estaba en su avance que no consideró ningún otro resultado que el que deseaba: la muerte de Burroughs. Incluso cuando el primer disparo dejó caer a uno de sus hombres, no se detuvo. Una segunda bala envió a un joven indio dando vueltas en una especie de danza grotesca y un tercer disparo derribó a otro, lo golpeó en las tripas, lo lanzó hacia adelante, la sangre bombeó entre los dedos donde agarró la horrible herida. Solo entonces El Torre se detuvo en seco, boquiabierto, sin entender nada de eso. ¡Las balas no procedían de Burroughs!

Los que quedaban también se detuvieron. Desconcertados y confundidos, recorrieron los alrededores, con las armas preparadas, y ahora su antigua confianza se erosionaba rápidamente, su seguridad en sí mismos no era más que un recuerdo. El miedo reemplazó su arrogancia y mientras se agacharon, temblando, sin saber qué camino tomar, Burroughs se levantó de detrás de su cubierta y su pistola eructó fuego.

En segundos, otros disparos surgieron de algún lugar más allá de esa área inmediata. Los hombres cayeron, chorreando sangre, y pronto los ilesos se echaron a correr, dejando a El Torre solo.

Introduciendo más balas en su arma, Burroughs avanzó hacia su protagonista vestido de negro. Ya no preocupado por el resto, Burroughs sabía que el único peligro al que se enfrentaba ahora, el único peligro que había existido, era El Torre. Y El Torre esperó. Sonriendo.

"Amigo", dijo, "creo que tienes un amigo en alguna parte. Eres inteligente, pero sabes qué, vas a morir de todos modos". El Torre se rio.

Burroughs aprovechó la oportunidad y sacó su Colt. Sabía que era bueno, mejor de lo que se habían dado cuenta los pistoleros. Lo habían subestimado, considerándolo un tonto, un soldado de caballería desgastado con pocas habilidades de tiro. Fallaron, murieron y así también El Torre. Su arrogancia no conocía límites.

Pero si alguien subestimaba a su adversario, era Burroughs en ese momento. Se movió lo más rápido que pudo, pero no fue lo suficientemente rápido contra El Torre, quien disparó y arrancó el arma de la mano de Burroughs, rompiendo la muñeca derecha del sargento por si acaso. Aullando de dolor, Burroughs se arrugó, agarrándose a la extremidad herida, la sangre brotando entre sus dedos.

"Eres un tonto, gringo", gruñó El Torre, acercándose, esa sonrisa molesta pegada en su rostro como un accesorio permanente.

Burroughs levantó la cabeza, las lágrimas le picaban en los ojos y, consumido por una mezcla de ira y desesperación, gruñó: "Maldito sea tu pellejo, El Torre. Yo confié en ti".

"Como dije, eres un tonto". Se encogió de hombros y levantó la mano del arma.

"Espera, muchacho".

Las palabras, pronunciadas con un acento grave y peligroso, hicieron vacilar a El Torre. Se detuvo, se volvió y vio a un hombre de pie, con los pies ligeramente separados, una carabina de repetición Henry en las manos. Este extraño parecía más que competente y algo en su comportamiento, la intensidad de su mirada, envió un destello de incertidumbre a través del rostro de El Torre. La sonrisa disminuyó y cuando habló, el tono de confianza en sí mismo desapareció, reemplazado por una emoción que no había experimentado desde que era un niño pequeño. Temor. Su voz, cargada de ella, luchó por formar las palabras. "Entonces... ¿Este es tu amigo, gringo? ¿El que mata a la gente sin ser visto, como una sombra?"

Nada salió de Burroughs excepto gemidos de dolor. Del extraño con el Henry, un largo suspiro.

"Ríndete, muchacho y suelta el arma".

El Torre ladeó la cabeza. Puede que tenga miedo, pero su orgullo era más fuerte. "No puedo hacer eso".

Un largo momento de silencio se extendió entre ellos antes de que el extraño dijera, con una emoción similar a la decepción: "Lo sé".

Algo pasó entre ellos. Ese conocimiento intuitivo e invisible que un pistolero tiene para el otro. La experiencia compartida por la profesión de matar.

La mano del arma de El Torre se elevó como un rayo y el Henry ladró, la primera bala alcanzó al mexicano en el pecho, lo arrojó hacia atrás, la segunda le atravesó el cráneo, extinguiendo su vida antes de que golpeara el suelo.

Una quietud se apoderó de todo e incluso Burroughs dejó de gemir.

Con ojos llenos de dolor, vio a Cole acercarse. "Se supone que estás muerto", siseó.

"Lamento decepcionar", dijo Cole. "Ahora, encuentra tu caballo y pongámonos en movimiento".

"No voy a ir a ningún lado contigo". Haciendo una mueca, levantó la mano ensangrentada. "O con esto".

"Oh, sí lo vas a hacer", dijo Cole con una sonrisa. "De lo contrario, podría dejarte aquí para que te desangres, como comida para los buitres, o", señaló hacia los restos destrozados de El Torre, "para que sus amigos hagan contigo lo que les plazca. De cualquier manera, dolerá".

Burroughs no tardó mucho en decidir cuál era la mejor opción.

CAPÍTULO DIECISÉIS

Sentado en el salón prácticamente desierto, Cole estiró las piernas debajo de la mesa y miró fijamente su vaso de whisky. Apenas se estremeció cuando las puertas batientes se abrieron con un chirrido, permitiendo que el sonido distante de una banda de música flotara desde afuera. Después de una breve pausa, el ruido constante de las botas de tacón en el suelo de madera anunció que alguien se acercaba. Se detuvieron justo antes de donde estaba sentado Cole y, por fin, miró hacia arriba. Julia se quedó allí como si acabara de salir de un cuadro, vestida con un vestido azul claro y una gorra a juego. Hizo girar suavemente una sombrilla rosa con motivos florales entre sus palmas, mirando a todo el mundo como si se estuviera preparando para dar un paseo dominical por la tarde bajo el sol. Pero aunque era domingo y el sol brillaba, la idea de dar un paseo por cualquier parte no era algo que nadie consideraría ese día.

Inclinó la cabeza y suspiró. "¿No vas a ir al ahorcamiento?"

Con una mirada sombría, Cole consideró su bebida de nuevo antes de arrojar su contenido por su garganta. Jadeó, golpeó el vaso ahora vacío sobre la mesa y negó con la cabeza.

"Ya he visto todo eso antes".

"No, a Burroughs no lo has visto". Se acomodó en la silla

frente al explorador, teniendo cuidado de no arrugar su bonito vestido.

"Él no será diferente a todos los demás", dijo Cole. "Dirá algunas palabras mordaces, luego se le partirá el cuello, la multitud lo vitoreará y eso será todo".

Tienen a ese sinvergüenza Spelling allá arriba en la horca con él. Tan pronto como la multitud haya dejado de cantar sus himnos y el padre haya hablado, morirán. Quiero ver eso".

"Nunca pensé que fueses tan dura, Julia".

"No es dureza, Reuben. Me quitaron todo. Es justicia".

"No tienes que mirarlo para saber que se está haciendo".

"Bueno, siento que debería, eso es todo. Esperaba que me acompañaras. Roose estará allí, junto con el capitán".

Cole cerró los ojos por un momento antes de levantarse de su silla. "Muy bien, te acompañaré, ya que lo pediste tan amablemente".

"Eres tú quien es duro, Reuben". Suspirando, se puso de pie pero, por alguna razón, no pudo mirarlo a los ojos. "También eres ciego".

Con eso, dio la vuelta y se marchó, con Cole varios pasos detrás, frunciendo el ceño, preguntándose qué había querido decir.

La multitud reunida, llena de expectación, con sonrisas radiantes, frotándose las manos, animada, alzó la voz en alto y cantó los versos de ese gran favorito "Quédate Conmigo". Abriéndose paso hacia el frente, Julia estaba resuelta, como si estuviera en una misión, y Cole se vio obligado a trotar para seguirle el ritmo. Por fin, habiendo hecho frente a la multitud reunida, abrió su sombrilla y miró hacia la horca.

"Él no está aquí", dijo mientras Cole se acercaba a su hombro. Sus palabras eran ciertas. Spelling se puso de pie, cortando una figura patética y marchita, con la cabeza gacha, pálida, arrugada y temblorosa. Parecía una sombra del cruel asesino que Cole encontró en Rickman City. El la miró. "Burroughs", ella respondió a su pregunta silenciosa.

"Él estará aquí".

"Eso espero. Es a él a quien vine a ver colgando".

"Julia, estos sentimientos... Puedo entenderlos, pero la venganza, a menudo es un recipiente vacío".

"¿Un qué vacío?" Su rostro se giró para encontrarse con el de él. "¿Un recipiente?"

"Sí. Un recipiente. Como un..."

"Sé lo que es, Reuben Cole. El mío ciertamente no está vacío. Estoy llena de odio por ese hombre y por lo que hizo".

"Sí, lo sé, pero después... Julia, lo que hizo, lo que ordenó, estuvo mal, por supuesto que sí, pero eso te está devorando".

"No será por mucho más tiempo". Volvió a mirar la plataforma elevada y estudió a Spelling. "Él mismo se ha ensuciado", dijo disgustada.

"Así deberá ser".

"¿Has presenciado muchos de estos ahorcamientos, entonces?"

"Ya he tenido suficiente, Julia, sí. No hay nada satisfactorio en nada de eso".

"Pero deben ser castigados. De eso no se puede discutir".

"No, no lo discuto. Es necesario. Sin embargo, no significa que tenga que gustarme". Estiró el cuello para observar a la multitud. "Me pregunto dónde está Sterling".

Ella se unió a él en la búsqueda del amigo cercano de Cole. Sterling Roose, un hombre alto, habría sido fácil de identificar si hubiera estado allí. "Y el capitán".

Una sensación de malestar creció dentro de Cole, extendiéndose lenta pero implacablemente por su columna vertebral. "Deberían estar aquí. Pensé que estarían parados junto a esas dos alimañas, preparándolas para la caída".

Intercambiaron una mirada antes de que Cole se abriera paso entre la multitud y se dirigiera hacia el guardia que estaba al pie de los escalones que conducían a la horca. Todo lo que recibió de su pregunta fue un encogimiento de hombros. Enfurecido, su malestar insoportable ahora, se dio la vuelta y le hizo un gesto a Julia para que lo siguiera.

Su progreso para abrirse paso entre la multitud fue dolorosamente lento, nadie estaba dispuesto a ceder a pesar de la obvia desesperación de Cole. Cuando un individuo particularmente obstinado asomó la mandíbula, negándose a moverse, Cole lo agarró por los brazos y lo tiró a un lado. Alguien gritó, otras voces dejaron escapar su indignación. Ignorándolos a todos, Cole se abrió paso a codazos, la multitud más indulgente ahora. Un grito desde atrás le hizo volverse a tiempo de ver a Julia golpeando con el tacón de la bota el empeine del obstinado hombre. Mientras saltaba, Julia lo empujó a un lado y cayó entre un lío de brazos y piernas indignados. Sonriendo a pesar de la situación, Cole bajó la cabeza y se lanzó hacia adelante hasta que, finalmente, llegó al final de la multitud reunida y echó a correr.

La puerta de la cárcel estaba abierta y Cole, reduciendo la velocidad, sacó instintivamente su arma.

Julia casi se estrella contra él. Sin aliento, jadeó, "¿Qué es esto? ¿Qué ha sucedido?"

Al entrar, Cole observó el caos de lo que quedaba del escritorio volcado, las dos sillas, las llaves, los carteles, todo desparramado por el suelo.

Escuchó a Julia gritar, pero su atención se centró en los cuerpos en el suelo.

Solo uno de ellos respiraba.

CAPÍTULO DIECISIETE

1875

Su estómago retumbó con fuerza. Solo tenía café para sustentarlo e incluso ese suministro estaba casi terminado. Suspirando, terminó los restos de la taza de hojalata y miró hacia las profundidades de la pequeña fogata.

Los recuerdos de Julia y lo que sucedió con Burroughs se filtraron con mucha más eficacia que el café que había preparado. El sabor, sin embargo, resultó igual de amargo.

Burroughs había logrado escapar, matando al capitán y dejando a Sterling Roose con un ojo morado y la mandíbula hinchada. Cómo lo había logrado el sargento sin ayuda era un misterio. Sin embargo, lo había hecho, había matado a Phelps, pero no a Roose. Otro misterio más. Cosas para las que todavía no tenía respuestas. Enfurecida, Julia le rogó a Cole que fuera a perseguirlo, lo llevara de regreso ante la justicia y, después de asegurarse de que el médico del fuerte se ocuparía de Roose, Cole aceptó. Lo habría hecho de todos modos, pero la expresión de su rostro era el único estímulo que necesitaba. Ella había capturado su corazón y él sabía que cualquier cosa que ella quisiera, él haría todo lo posible para que fuera así.

Incluso si eso incluía matar.

Estiró las piernas y bostezó. Todo eso fue hace unos años.

Extraño, reflexionó, cómo las imágenes vinieron tan fácilmente a su mente, el sonido de su voz corriendo como agua dulce de manantial a través de él. ¿Podría ser que estas dos cacerías fueran tan similares? Se preguntó si el final podría ser el mismo. De alguna manera, lo dudaba.

Con esta actual cacería en marcha, empujó lo que sucedió durante ese momento trascendental al fondo de su mente. Esos momentos en las llanuras, cazando a Burroughs, lo cambiaron, lo convirtieron en el hombre en el que era ahora. Y fue ese cambio lo que lo había traído hasta aquí.

Después de empacar su magro campamento, cabalgó a través del campo abierto, con los sentidos alerta. Sabía que les estaba ganando distancia, su seguridad en sí mismos era su ruina. No consideraban que un solo hombre fuera lo suficientemente temerario como para enfrentarse a ellos. Pero claro, ninguno de ellos se había encontrado antes con un hombre como Reuben Cole. Un hombre con una misión. Un hombre capaz de tanto.

Se encontró con el vagón de la pradera despojado a última hora del mismo día. Le faltaba su cubierta de lona, una rueda delantera rota en el eje, el contenido en el interior del vagón blanqueado por el sol furioso. Caballos, desaparecidos hacía mucho tiempo. Tomados por la misma banda que había masacrado a esos desafortunados colonos.

Y ahora esto.

Cuatro cadáveres, esparcidos por el suelo, los estómagos abiertos, los intestinos extraídos, ya comida para los buitres que se dispersaron al acercarse Cole, gritando sus protestas, picos chorreando sangre y carne desgarrada. Se posaron cerca, en una rama quebradiza de un árbol marchito, mirándolo. Detuvo su montura y extendió la mano hacia atrás para sacar el Winchester de su funda. Hacía algunos meses, a regañadientes, había reemplazado a su temible Henry, pero este nuevo modelo había demostrado su valía.

Rastreando los alrededores, calculó que habían transcurrido

media docena de horas desde el ataque. Una sonrisa irónica. Les estaba ganando terreno.

Bajándose de la silla, examinó el cuerpo más cercano. Un chico joven, tal vez trece. No era inusual que un individuo así fuera tomado por un esclavo, que se le criara como un valiente, se le enseñara a luchar para que en los años venideros fuera un beneficio para toda la tribu. Pero éste ya había peleado. Cole vio los restos de pólvora en su puño derecho. Una buena pistola en la mano, una vieja Colt Navy. Yacía a su lado y algo sobre él, y la actitud del chico muerto, hizo que Cole sollozara ahogadamente. Le habían cortado el cráneo, le habían cortado el cuero cabelludo y los buitres habían hecho el resto.

A los demás no les fue mejor. Una madre, un bebé de no más de tres meses apretado contra su pecho, los dientes al descubierto, una flecha en la cabeza, otra enterrada profundamente en su cuerpo. Y, lo que era más espantoso, también una en el bebé.

Cole pateó la tierra, deseando que los merodeadores estuvieran allí ahora, mientras las lágrimas corrían por su rostro.

El padre se había resistido. Le habían quitado el rifle después de su muerte, una carabina de repetición por la evidencia del grupo de proyectiles gastados que yacían en el suelo junto a él. Su padre fuerte y confiable. El hombre que los protegería, les daría la fuerza para continuar mientras avanzaban por esta tierra dura e implacable. Había hecho todo lo posible, pero había fallado, como la mayoría. Rígido por el miedo, probablemente trabajó en esas rondas mecánicamente, sin pensar, desesperado por hacer retroceder a sus atacantes. Y falló. Cada vez.

Habían caído sobre él como bestias salvajes, sus cuchillos y hachas lo cortaban como carne para la olla. No quedaba nada de su rostro, todo se fue, consumido por los pájaros.

Cole se desplomó sobre su trasero y lloró abiertamente, sin retener nada.

¿Por qué los colonos todavía viajaban por esta tierra? ¿Fueron las mentiras que el gobierno les había vendido, que las áreas tribales fueron domesticadas, que los días malos realmente se habían ido? ¿Esos destructores de tierras no sabían nada de los brotes, de grupos de Comanches que continuaban dominando las llanuras del sur, llenos de odio por los Blancos, por los que no habían traído más que enfermedades y privaciones a sus vidas y buscaban acabar con su forma de vida antigua?

Nadie podía culpar a los comanches, ni a ninguna de las grandes tribus, por su reacción.

Pero nadie podía excusarlo tampoco, porque el alcance de la violencia estaba más allá de la imaginación. Testigo de tanto, Cole una vez más se vio abrumado por la desesperanza de todo. Esta tierra seguramente era lo suficientemente grande para que todos vivieran en armonía, si es que algún forastero alguna vez eligió vivir aquí. Porque donde los indios lucharon por sobrevivir y tuvieron cierto éxito, los blancos simplemente no pudieron arreglárselas. Las temperaturas extremas, la falta de recursos, comida, agua. Los indios habían vivido aquí durante mil años y más. Conocían cada grano de arena, cada contorno, cada estanque escondido. Una docena de generaciones de lucha y trabajo. ¿Pero gente recién salida de Kansas, o incluso más al este? Nada más que sueños de un futuro mejor para impulsarlos. ¿Dónde estaba el sentido en eso?

No había ninguno. Y esta familia había pagado el precio máximo. Tal como lo habían hecho los demás, en su finca. Asesinados. Dejados para pudrirse. Esto no tenía sentido.

Le tomó casi tres horas enterrarlos. Todo el tiempo, los pájaros lo observaban, sus ojos con ictericia captaban cada detalle, posiblemente guardándolo todo para futuras referencias. Cole trabajó a pesar de todo, se desnudó hasta la cintura y se detuvo solo para tomar un trago ocasional de la cantimplora. Usó una pala del carro roto y envolvió los cuerpos en mantas antes de colocarlos en los agujeros que cavó. El sol caía con su furia implacable y sintió que le ardían los hombros. Un hombre fuerte, sin embargo, sus músculos gritaban con sus esfuerzos, el padre resultó ser el más estropeado y el más espantoso. Pero nada se podía comparar con acostar al pequeño bebé al lado de su madre.

Con el trabajo de oso pardo finalmente terminado, Cole se apoyó en la pala, cerró los ojos y pronunció algunas palabras de las lecciones de la escuela dominical apenas recordadas. Al final, se rindió y pronunció una frase más parecida a cómo se sentía. "Que Dios les dé descanso", dijo, se enjugó la frente, se puso la camisa y los dejó en sus tumbas sin nombre.

Él no miro atrás.

CAPÍTULO DIECIOCHO

Cabalgó duro y no acampó hasta tarde. Deliberadamente buscó terreno elevado y encendió su fogata. Apilándolo con montones de yesca de madera seca, amarró su caballo y se acomodó entre las rocas. Estaba cansado de perseguirlos. Había llegado el momento de actuar. Su esperanza era que vinieran por él, en la oscuridad de la noche. Pero no fue así, y pasó la mayor parte del tiempo aplastado, frío, miserable de tal manera que cuando el sol iluminaba el nuevo día, su cuerpo le dolía como si lo hubieran presionado en un molino.

Con las raciones bajas, partió de nuevo con el estómago vacío, su retumbar más fuerte que el trueno distante que sonaba entre las montañas lejanas. Volvió la cara hacia ellos y deseó, con todo lo que tenía, estar allí entre ellos, luchando contra los elementos porque lo que enfrentaba ahora era mucho, mucho peor.

El hambre, que le carcomía la barriga, y el agua, que sabía a grava. Se obligó a tomar un pequeño sorbo cada hora más o menos, redujo la velocidad de su caballo a un galope y trató de aclarar su mente. Esto resultó ser imposible. Había dejado a un lado su sentido común en su deseo de repartir represalias. Debería haber prestado atención al consejo de Sterling, pero no lo hizo, así que puso su mirada en el frente, resuelto a hacer lo que sabía que debía hacer, sin importar los obstáculos en su camino.

Una delgada corriente de humo gris salía de la torre de madera de una iglesia solitaria, que se encontraba entre un grupo de pequeños edificios abandonados. Otro municipio más, abandonado, dejado para pudrirse cuando se acabó el oro o la plata. Cole, acostado en el borde de un afloramiento rocoso, lo estudió a través de sus prismáticos militares. Afuera estaban atados tres caballos, junto con dos mulas de carga. Estos no eran los asaltantes Comanches a los que cazaba. Sabía que debía evitar cualquier cosa que pudiera desviarlo de su misión y seguir adelante, completar el maldito trabajo que se había propuesto hacer. Pero el rastro que encontró parecía sugerir que los merodeadores habían venido por este camino, sin embargo, las huellas se habían mezclado con otro conjunto. Mientras que los merodeadores parecían rodear bien el casco antiguo, otro grupo parecía dirigirse directamente al centro. Además estaba el hecho de que le dolía la barriga y, convenciéndose de que podía cambiar por algo de comida, aunque fuera unos puñados de bizcochos, decidió hacer que el desvío valiera la pena.

Entonces, entró en ese pequeño lugar, reduciendo la velocidad a una caminata mientras se acercaba a la iglesia.

Tiró de las riendas, ató su caballo a un trozo de enganche colgante y se puso de pie, escuchando el más mínimo sonido. Al no oír nada, sacó el Winchester y subió los desvencijados escalones hasta la entrada. Las tablas crujieron bajo sus pies, poniendo fin a cualquier esperanza de una entrada silenciosa. Tomando aire, bajó la manija de la puerta y empujó la puerta para abrirla.

Estaba preparado para moverse, y ya estaba esquivando a su izquierda cuando la primera bala zumbó en el aire, a centímetros de donde había estado. Apoyado contra la pared adyacente, introdujo una bala en la cámara del Winchester. Una segunda bala golpeó contra la madera, lo que obligó a Cole a arrodillarse mientras gritaba: "¡Alto el fuego, no estoy aquí para hacerle daño!"

Si esperaba que sus palabras impidieran más disparos, estaba equivocado. Tres balas más atravesaron la pared, enviando lluvias de astillas sobre su cabeza. Rompió la cubierta y corrió, doblado en dos, a través de la puerta abierta hacia el otro lado y no se detuvo hasta que llegó a la esquina delantera de la iglesia. Aquí, varios de los otros edificios estaban muy apretujados y cercanos, pero no pudo ver ningún movimiento dentro de ninguno de ellos. Los huecos ennegrecidos salpicaban sus paredes, las puertas colgaban de bisagras rotas, las ventanas podridas y a punto de derrumbarse. Nadie había habitado este lugar durante muchos años. Sin embargo, alguien esperaba dentro de la iglesia y tenían la intención de hacerle daño.

Cole se arriesgó a echar un vistazo por el estrecho callejón que separaba la iglesia del resto de las estructuras. No había nadie. Al otro lado, estaban los caballos y las mulas que había espiado con sus prismáticos. Lo miraron, desinteresados a pesar de su repentina aparición.

En una inspección más cercana, notó que solo uno de los caballos estaba ensillado. Los otros dos eran cosas de espalda descubierta y de aspecto flaco, mientras que las mulas iban cargadas con varios sacos grandes, varios rollos de mantas y una variedad de ollas y sartenes. Cole frunció el ceño y se preguntó qué significaba todo aquello. Haciendo caso omiso de los pensamientos oscuros que se desarrollaban dentro de su cabeza, se abrió paso por el costado de la iglesia, con los sentidos al límite, esperando en cualquier momento ser asaltado por una descarga de disparos.

El pasadizo resultó largo, la iglesia un edificio grande, y pocos de los rayos del sol lograron penetrar las sombras profundas proyectadas por la pared imponente a lo largo de la cual caminaba arrastrando los pies. Hacia el final del pasillo, Cole se sintió atraído por la vista ininterrumpida que se abría ante él. Jadeó. La inmensidad y la belleza de esta tierra nunca dejaban de dejarlo sin aliento. Podía creer que sus sentimientos por esta tierra limitaban con lo espiritual, pero en ese momento tenía algo más en que ocupar sus pensamientos mientras una nube de polvo en desarrollo se movía implacablemente hacia él.

Se sumergió de nuevo en las sombras, preguntándose qué podría hacer. Frente a él, le llamó la atención el esqueleto de lo que parecía ser una antigua tienda. Se acercó a ella y se deslizó por la endeble entrada. Mirando hacia arriba, el sol entraba a raudales por el hueco donde antes había estado el techo. A su alrededor había una maraña de muebles rotos, mesas volcadas, sillas, armarios rotos, y una multitud de pedazos de vidrio, cacharros, y en los rincones, montones de lo que parecía avena, consumidos con avidez por ratas gordas e intrépidas. Tragando su repulsión, Cole navegó por un camino a través de los escombros hasta que llegó a una entrada trasera. La abrió y se encontró en otra calle lateral. Esta vez estaban frente a él menos edificios, pero uno parecía más sustancial que el resto. Un salón, por lo que parecía. Con la cabeza gacha, corrió hacia él y atravesó las puertas batientes de ala de murciélago, dando un giro hacia adelante para darse alguna ventaja si alguien acechaba adentro.

Se detuvo detrás de una mesa sólida y tragó saliva varias veces. Alrededor, una turbidez gris, el polvo arremolinándose como una nube de niebla junto con el hedor de descomposición que todo lo impregna.

Y algo más.

El gimoteo de un niño.

CAPÍTULO DIECINUEVE

No era mucho más que un manojo de harapos, su diminuto cuerpo se perdía entre su ropa sucia. Un rostro pálido, la piel tan delgada que el cráneo sobresalía de manera alarmante, miró a Cole mientras el explorador avanzaba sigilosamente, con un brazo extendido, arrullando: "No tengas miedo..."

Pero el niño tenía mucho más que miedo. Aterrorizado, se encogió arrastrándose sobre su trasero más profundamente en las sombras. Allí, en la oscuridad con sus ojos enormes y saltones actuando como faros, retomó sus lloriqueos, un sonido patético como un cachorro pequeño y confundido llamando a su madre.

Cole se puso en cuclillas y se detuvo. Deseó tener algo que ofrecer al pobre niño. Un dulce sería perfecto, pero no tenía nada, ni siquiera el más mínimo bocado de comida para dar en un intento de calmar los miedos del niño. En cambio, forzó una leve sonrisa. "Está bien", dijo en voz baja, "no voy a hacerte daño". Con la vista ahora bien adaptada a la penumbra, Cole notó que las muñecas del niño estaban fuertemente atadas. Frunciendo el ceño, echó una mirada detrás de él antes de volver a los ojos brillantes y asustados del niño. "¿El tipo de la iglesia te ató así?" Sin respuesta, solo el más breve de los sollozos. "¿Quién está ahí?" Nada de nuevo. "Cuando me acerqué a la puerta, intentaron dispararme. ¿A qué le tiene miedo? ¿Acaso a los indios?

"No es un hombre".

La voz, tan pequeña, quebradiza, teñida de miedo, pero en fin, una voz. Cole se tomó su tiempo, no deseaba causar más pánico o angustia. "¿Una mujer?" Un asentimiento y un gruñido. "Pero no entiendo, ¿por qué alguien le haría esto a un...?"

"Y ella no le teme a los indios".

"¿Oh, sí? ¿Por qué? ¿Quién es ella?"

Ella misma es india.

Frunciendo aún más el ceño, Cole lentamente se estiró detrás de él. "Voy a soltarte", dijo mientras sus dedos se curvaban alrededor del mango de su cuchillo de caza de hoja pesada. "No grites ni te muevas. Te prometo que no te haré daño".

Con los ojos fijos infaliblemente en la hoja, el chico extendió los brazos y Cole cortó el ribete de cuero con facilidad. Liberado, el niño se retorció las manos y se frotó febrilmente las muñecas, claramente aliviado de estar libre por fin.

Desde más allá de las paredes, les llegó el sonido de caballos, cascos golpeando la tierra compacta. Al instante, el chico se arrojó contra Cole, envolviendo sus brazos alrededor del explorador, enterrando su rostro profundamente en su camisa. Cole lo abrazó, hizo todo lo posible por ofrecer todo el consuelo que pudo y calmar el espantoso temblor que ahora se apoderaba del cuerpecito del niño.

Girándose ansiosamente hacia la puerta, Cole escuchó. Afuera, los jinetes estaban controlando sus monturas, charlando entre ellos en un idioma que Cole reconoció al instante y que casi le congela el oído.

Eran Comanches.

Sacando su Colt de Caballería, mientras aún sostenía al niño cerca, Cole susurró: "Tienes que decirme qué está pasando aquí y tienes que decírmelo ahora".

Mirándolo a través de la penumbra, el niño en silencio y con tanta firmeza como pudo, relató lo que había sucedido para llevarlo a ese lugar frío y lúgubre.

CAPÍTULO VEINTE

Algunas semanas antes

Salieron de Kansas en algún momento a fines de la primavera. La mezcla de simpatizantes, una media docena de ciudadanos de aspecto hosco, se despidieron con la mano. Entre ellos, el viejo Art Dalton, que había sermoneado a Janus de que llevaría a su familia al "mismísimo caldero del infierno", dadas las aterradoras historias que regresaron y enfriaron los corazones incluso de los más incondicionales. Se quitó el sombrero. Mascando su habitual fajo de tabaco, se inclinó hacia la izquierda y escupió un largo chorro de jugo en el suelo. "Algunos de los que salieron al oeste fueron devorados por sus propios parientes", dijo en su última noche, ambos acurrucados en un lúgubre salón, tomando café caliente con whisky.

"Tenemos suficientes suministros para tres meses", dijo Janus, sin estar seguro de si estaba convenciendo a su amigo o a sí mismo. "Estaremos bien. Joel es tan bueno con el rifle como yo, incluso el joven Seb puede disparar cuando se lo propone. Millie puede cocinar cualquier cosa y hacerlo tan sabroso como el banquete de un rey".

"Incluso los reyes son asesinados". Janus hizo una mueca. Art se inclinó hacia adelante y agarró la mano de su amigo. "Tu esposa no ha dado a luz hace mucho tiempo. Por favor, Janus, reconsidera. ¿Y si algo se apoderara del niño, una enfermedad o algo por el estilo?"

"Art, te preocupas demasiado"

"No, simplemente estoy siendo sensato. ¿Por qué no puedes esperar hasta que el resto de nosotros estemos listos?"

Liberando su mano, Janus sopló sus mejillas, "Art, has estado diciendo eso desde antes de la última Navidad. Si tuviera que esperarte, nunca me iría".

"Quizás eso sería lo mejor".

"No. No lo haría. Ya no puedo sentarme aquí, jugueteando con los pulgares. El invierno nos ha dejado ahora y ha llegado el momento. Cuando lleguemos a California, será el momento perfecto para diseñar un terreno, construir una casa. El clima es más agradable allí".

Y el camino está lleno de peligros, Jano, del tipo del que ni tú ni yo hemos conocido jamás. Salvajes. Depredadores. Villanos que acechan a gente como tú, Janus.

"No tenemos nada que esa gente quiera".

"Tienes caballos. Los salvajes quieren caballos".

"Esos salvajes como los llamas, ahora todos han sido domesticados. Trasladados a reservas y cosas por el estilo".

"No todo. Escucho cosas, Janus. Hay problemas que vienen con esas grandes tribus".

"Bueno, como digo, nuestra ruta está lejos de todo eso".

"No lo sabes con seguridad".

Gritando una maldición, Janus golpeó la mesa con la palma de su mano con fuerza. Algunos de los otros clientes giraron la cabeza y miraron fijamente. "¿No puedes al menos despedirnos con tus mejores deseos, en lugar de toda esta maldición?"

Finalmente, el viejo Art hizo exactamente eso y cuando Janus pasó junto a él al día siguiente, los dos amigos se miraron a los ojos y ambos sonrieron, aunque algo tristes, delgados.

. . .

Cuatro días después de iniciado el viaje, Seb, que estaba sentado en la carreta, mirando desde atrás a través de la pradera, volvió la cabeza. "Pa', hay alguien siguiéndonos".

Sentado junto a su esposa en el tablero, Janus frunció el ceño y detuvo al equipo gemelo con suavidad. Joel, que iba delante, notando el cese de los chirridos que hacían las ruedas del carro, hizo girar a su caballo. "¿Qué pasa, papá?"

"Podría ser nada", dijo Janus, palmeando la rodilla de su esposa antes de saltar. "Tráeme el Winchester".

"¿Janus?"

El miedo en la voz de su esposa lo hizo enojar. Forzó una sonrisa. "No será nada. No te preocupes". Extendió la mano y acarició la cabeza del bebé que estaba pegado en el pecho de su esposa.

Joel acercó su caballo y sacó la carabina de repetición de su vaina. Entregándosela a Janus, el chico comprobó su propia Colt Navy. "¿Va a haber problemas, papá?"

Janus se encogió de hombros, miró hacia el jinete solitario que deambulaba inexorablemente hacia Therm. "Solo hay uno y..." Entrecerró los ojos a través de la bruma de calor. "¡Santo San Francisco, creo que es una mujer!"

En diez minutos, las palabras de Janus se confirmaron cuando la joven de complexión delgada, con una masa de cabello color azabache metida debajo de su sombrero de ala ancha, frenó su caballo de aspecto cansado y le ofreció una hermosa sonrisa. "Hola, compañeros de viaje. ¿Supongo que podrían reponerme un poco de agua?"

Durante los días siguientes, Adeline, como les dijo que se llamaba, cabalgó junto al grupo, charlando sin cesar con Janus, que había tomado el caballo de Joel como suyo. Su risa compartida rodó por la pradera y, durante su campamento nocturno, se sentaron y cenaron, preparada por las manos expertas de Millie, y parecían perdidos para todo y para todos los demás.

Nada de esto pasó desapercibido para Joel, quien llevó a Seb a un lado, lejos del alcance del oído. "No me gusta esto".

"¿No te gusta qué?" Seb, o Sebastián como era su nombre real, era un joven delgado y enfadado, unos cuatro años más joven que su hermano.

"La forma en que habla con papá. Mira lo cerca que están sentados".

Seb miró a través de la noche y vio las siluetas de la pareja, resaltadas por el resplandor anaranjado del fuego. "¿De qué otra manera quieres que se sienten?"

"No sabes nada", dijo Joel con voz ronca y empujó a su hermano. Está metiendo sus bonitas garras en papá, eso es seguro. Y papá..." Él negó con la cabeza. "Lo he visto antes. El verano pasado, cuando papá desapareció por algunas noches, cómo mamá lo regañó algo horrible cuando estaba grande y gorda con la pequeña Jenny".

"No lo entiendo. ¿Qué pocas noches?"

"Ufff, tienes tanta comprensión de cosas como una tabla de madera, Sebastián".

"Bueno, si no me explicas, ¿cómo voy a saberlo?"

Joel se volvió hacia su hermano, lo agarró por la pechera y lo tiró contra él. "Pa' estaba saliendo con una chica de una de las tabernas. ¿Tú entiendes? *Una chica de la noche*". Seb simplemente parpadeó. Joel gruñó y lo sacudió. "Era un burdel, ¿entiendes? Y ella..." Apartó a su hermano menor desesperado. "Eres demasiado joven para entender nada de eso. Solo debes saber que papá tiene... *Debilidades*. Y esta bonita Adeline las conoce muy bien".

"¿Entonces, qué hacemos?" Seb se frotó la garganta con cautela. "¿Decirle a mamá?"

"Mamá ya lo sabe. No, lo que hacemos es asegurarnos de que papá sepa que nosotros lo sabemos".

Sacudiendo la cabeza, Seb frunció los labios. "Eso es mucho conocimiento, Joel".

Una carcajada rompió el silencio de la noche y Joel suspiró con fuerza. "Seguro que lo es, pero es todo lo que podemos hacer para evitar un desastre",

Unas cuantas noches después, el desastre se produjo. Las

voces levantadas despertaron a los dos niños de su sueño, Joel fue el primero en reaccionar, sacudiendo a su hermano para despertarlo. Sebastián se frotó los ojos y fue a hablar, pero la mano de Joel se cerró sobre su boca. Girando la cabeza, vio el dedo de su hermano presionando contra sus propios labios. La luz del amanecer se asomaba a través de los restos de la noche, dándole a todo un tono fantasmal. Seb escuchó.

Sus padres estaban discutiendo, Pa' usando blasfemias en su indignación, mientras ma' lo acusaba de cualquier tipo de actos lascivos con la joven Adeline.

"No es lo que piensas, Mollie".

"¿No es así? Entonces dime qué es, ya que no compartes mi saco de dormir por la noche, e incluso cuando Jenny empieza a llorar, no estás por ningún lado".

Su silencio la convenció de lo que había estado pasando.

Los niños se sentaron y ambos miraron hacia donde estaban sus padres.

Mientras miraban, con el implacable ascenso del sol sobre el horizonte distinguiendo todo con aterradora claridad, una flecha se estrelló contra la garganta de mamá. Ella tropezó hacia atrás, arañando el eje, la boca trabajando silenciosamente, los ojos lívidos por la conmoción.

Pa' se dio la vuelta, "¡Indios!" Gritó. "¡Consigue mi Winchester!"

Joel ya estaba saliendo de su cama, tirando su manta y agarrando su Navy Colt. Disparó a las sombras, sin apuntar realmente, con la esperanza de que los disparos ahuyentaran a sus atacantes.

En respuesta, otra flecha se estrelló contra el pecho de mamá, arrojándola hacia atrás. Ella golpeó el suelo con un golpe horrible y hueco, y se quedó quieta.

Joel gritó y corrió hacia su madre, se arrodilló y le acunó la cabeza. "Mamá", susurró. Estaba muerta, y las lágrimas rodaron por las mejillas de Joel y gotearon en su rostro sin vida.

Jenny, que había emitido un terrible lamento, llamó su atención. Se puso de pie, con las piernas temblorosas y el cuerpo tembloroso, y se dirigió hacia su hermana pequeña. Un movimiento le llamó la atención, una sola figura corriendo entre las rocas que rodeaban su campamento, y disparó dos tiros hacia ella. No hubo respuesta, por lo que continuó su camino y envolvió a Jenny en sus brazos. Volviendo a su madre, se detuvo y miró el rostro diminuto de Jenny, todo arrugado por las lágrimas. La besó tiernamente en la frente. Cuando apartó los labios, una flecha se hundió en la cabeza de la pequeña Jenny. El llanto cesó.

El tiempo se congeló. Joel, incapaz de moverse, su mente encerrada en un torbellino de dolor e incredulidad. El bebé se soltó de su insensible agarre y cayó, casi como si nunca hubiera tenido la intención de irse, en el frío abrazo de su madre muerta. Joel sintió más que escuchó algo que se avecinaba de cerca, pero ya no le importaba. Todo acabó.

Desde su ropa de cama desordenada, Sebastián miró la grotesca escena que se desarrollaba ante él. Vio a la mujer deslizarse hacia abajo de las rocas, el hacha destellando a la fría luz de la mañana, la pesada hoja golpeando la parte posterior del cráneo de Joel. Ella gritó de alegría cuando el joven cayó de rodillas. Levantó su cabeza por el cabello, le cortó un trozo de cuero cabelludo y lo levantó por encima de ella, aullando como un coyote enfurecido.

Pa', perdido en un torbellino de indecisión y miedo, se tambaleó hasta donde estaba el Winchester y disparó siete tiros rápidos, ninguno de los cuales dio en el blanco. La mujer cruzó la corta distancia entre ellos, saltó sobre él y lo derribó, cortándole el cuerpo con hacha y cuchillo, cortando, desmembrando. Un salvaje y caótico frenesí de matar.

Por fin, se acabó. Seb se sentó y la observó mientras ella se acercaba a él. Adeline dejó de ser la niña feliz y risueña que él creía que era, echó los labios hacia atrás y le gruñó, un chillido, un sonido aterrador, la lengua colgando, saliva echando espuma. Ella estaba enojada, y él sabía que estaba a punto de morir.

Agarrándolo por el cuello, lo puso de pie y apretó su rostro contra el suyo. Podía oler su dulce aliento mientras hablaba, tan suavemente, casi con dulzura. "Sebastián, suelta los caballos y las mulas. Nos vamos".

Después de despojarlo de todos los suministros utilizables, rompió el eje del carro, aseguró sacos a las mulas y ayudó a Sebastián a montar en la silla del caballo de su hermano muerto. "Eres un buen partido", dijo, comprobando el Winchester de papá y cargándolo con proyectiles. "Me recompensarán bien por todo esto".

Su rostro, manchado de sangre, esbozó una amplia sonrisa y Seb, incapaz de contenerlo todo, se dio la vuelta y vomitó violentamente, lo que provocó que su caballo se sacudiera y relinchara. Ella tomó las riendas, calmando al animal con su suave voz y él la miró y se preguntó cómo alguien tan hermoso podía ser tan diabólico, tan asesino. "Te voy a matar", se las arregló Seb para jadear, pasando el dorso de la mano por la boca. Ella se rió y le arrojó una cantimplora de agua en la mano. "No sé cómo ni cuándo, pero lo sabré".

"En unos meses, me agradecerás por darte una nueva vida".

"No, nunca".

Ella sonrió y lo vio beber. Tomando la cantimplora, le rozó la mejilla con la mano antes de guiarlo lentamente a través de la pradera y lejos del sitio de la carnicería que una vez fue el campamento donde había descansado su familia. Una familia que nunca volvería a ver.

CAPÍTULO VEINTIUNO

1875, el presente.

C ole se echó hacia atrás y miró al joven encogido frente a él. Durante su vida en la frontera había sido testigo de muchas privaciones, había experimentado lo peor que los seres humanos son capaces de hacerse unos a otros, pero esto... El asesinato sin sentido de un bebé estaba más allá de todo lo que podía aceptar. Curvando su mano en un puño cerrado, miró al chico que estaba sentado, con los labios temblorosos, mirando al suelo. "La mujer. ¿Adeline?" El chico miró hacia arriba. "Creo que ella está en la iglesia, ¿no?"

El asintió. "Me dijo que se reuniría con sus compañeros aquí, que todo estaba planeado. Ella es india y ellos también".

"Un grupo de asalto. Y una malditamente inteligente en eso. Me engañaron, eso es seguro".

¿Te engañaron? No entiendo".

Antes de que pudiera expandirse más, una gran erupción de gritos desde el exterior obligó a Cole a girar la cabeza hacia las desvencijadas puertas batientes. Instintivamente, sus manos alzaron el Winchester listo. "¿Ella te puso aquí?"

"Dijo que tenía que callarme, que ella me iba a vender cuando vinieran. Supongo que son ellos afuera".

"Supongo que sí. Espera".

Sin otra palabra, Cole se arrastró hasta la entrada y miró por una grieta en la madera. Un grupo de caballos atados esperaba en la calle estrecha, con un hombre vigilando. Captó al resto moviéndose a través de los restos rotos de un edificio frente a la iglesia, sin duda para encontrarse con la chica. Contuvo la respiración y esperó hasta que se perdieron de vista.

El hombre estaba de espaldas a él, y Cole abrió las puertas batientes y salió, sacando su cuchillo. Tenía que moverse rápida y decisivamente si tenía alguna posibilidad de tomar por sorpresa a los merodeadores.

Cole se movió silencioso como la niebla, pero al alcance de un brazo del hombre, el viento o algo atrapó la puerta y la devolvió a su marco. Dándose la vuelta, el hombre hizo ademán de gritar y Cole saltó hacia adelante, clavando la hoja hacia arriba, profundamente en la garganta del otro. Ambos se estrellaron contra el suelo, Cole agarrándose, empujando la hoja hasta que salió por la boca abierta del hombre. Se retorcía y luchaba en su agonía mientras los caballos, asustados por la explosión de violencia, pateaban y luchaban por liberarse.

"Vamos", siseó Cole hacia el chico, paralizado, golpeado por el horror al ver al explorador, empapado de rojo, de pie sobre el cadáver, la sangre goteando del cuchillo.

Sin esperar, Cole tomó la mano del niño y lo apartó de la puerta. Lo arrastró por el estrecho pasillo hasta donde esperaban los caballos de la chica. Sin detenerse ni un segundo, Cole cortó las riendas y soltó las mulas. "No las necesitamos", dijo. "¿Cual es tuyo?" El niño señaló con la cabeza hacia el más pequeño de los dos animales y Cole lo subió a la silla.

"Las cosas de mi mamá están en esos sacos", se lamentó el niño.

"No tenemos tiempo".

"Pero no puedo dejarlos. ¡Señor, *por favor*!"

"¿Cómo dijiste que te llamabas?"

"Sebastián. Seb para abreviar".

"Seb", Cole apretó su muslo, "volveremos por ellas, ¿de

acuerdo? Lo prometo. Ahora, cabalga de regreso a través de las llanuras hasta la escarpa rocosa lejana. No te lo puedes perder. Cogeré mi caballo y te seguiré".

"Pero, ¿qué pasa si ellos...?"

"¡Solo cabalga!" Cole echó la mano hacia atrás, listo para golpear la grupa del caballo.

El disparo sonó como un crujido desde las entrañas del infierno, arrojando una sola bala mortal, que alcanzó al joven Seb claramente entre los ojos, lanzándolo sobre el lomo del caballo.

Yacía allí muerto en el suelo, con los ojos bien abiertos en franca sorpresa.

Aturdido, Cole se quedó rígido, incapaz de procesar lo que acababa de suceder. Una segunda bala pasó zumbando junto a su oreja para golpear la pared del fondo y lo impulsó a la acción. Se giró medio agachado, moviendo el Winchester, disparando a ciegas mientras se lanzaba a su izquierda, rodando por el suelo. Poniéndose de rodillas, los vio a la vista, arrogantes, seguros. Dos hombres, uno de ellos un Comanche, el otro moreno, de baja estatura, cargando su carabina. Cole puso sus últimas balas en ellos y los vio caer.

Actuando con rapidez, palmeó con fuerza a las cuatro bestias nerviosas de ojos salvajes en sus nalgas y las envió a la carga en la dirección opuesta. Los vio irse por un momento antes de mirar la forma inerte del chico. Un escalofrío lo recorrió.

Sin más necesidad de comprobar el estado de Seb, Cole dio la vuelta a la pared del fondo, se apretó contra el duro granito e introdujo más cartuchos en el Winchester. No tenía más. Tomando aliento, hizo todo lo posible para aclarar su mente de lo que había ocurrido. Resuelto, decidido, con la niebla roja descendiendo, corrió hasta donde su caballo estaba esperando pacientemente, saltó a la silla y espoleó a su montura para que galopara.

Presionado contra el cuello del caballo, consciente de que los disparos habrían llevado al resto de la pandilla a investigar, hizo todo lo posible por mantener la vista al frente, moviéndose detrás de los otros animales en estampida. Así tenía mayor seguridad contra cualquier disparo venenoso por detrás.

Ellos pronto vinieron.

Disparos, ladrando a través de las llanuras. Afortunadamente, la distancia ya era demasiado grande y las balas no alcanzaron su objetivo. Pero Cole no se hacía ilusiones. Pronto, estarían detrás de él, desesperados por venganza y, quizás más revelador, necesitados de agarrar de nuevo a las mulas. ¿No le había contado Sebastián lo que había en los sacos, colgando tan pesadamente de los flancos del animal? Cosas de su madre. ¿Qué podrían ser?, se preguntó mientras su caballo se acercaba a los demás, las fosas nasales se ensanchaban y los cuerpos se agitaban. Especialmente las mulas estaban trabajando duro y, aprovechando el momento, se enderezó e instó a su propia montura a adelantarse para alcanzarlas. Tenía tiempo, esperaba, para rodearlos y conducirlos a un terreno más alto. Desde allí, podría hurgar en los sacos y establecer una posición defensiva contra sus perseguidores. Si tuviera tiempo.

Trabajando rápido, se dirigió a los animales que huían y los guió lejos de su dirección prevista hacia ese terreno más alto que podría proporcionarle un santuario. Ellos respondieron, disminuyendo la velocidad cuando su voz ladró con confianza y autoridad y se las arregló para llevarlos a un pequeño barranco. Agarrando las riendas del caballo de plomo, lo detuvo con suavidad. Los demás los siguieron y pronto todos se pusieron de pie, resoplando de indignación pero, sin embargo, permitiéndose sucumbir a los tranquilizadores arrullos de Cole. Con suficiente calma, esperaron a que Cole se bajara de la silla y los tranquilizara aún más con suaves caricias y maullidos tranquilizadores. Le tomó más tiempo del que podía dedicar, pero mejor esto que perseguirlos sin cesar a través de la llanura abierta. Trabajando rápido, se dirigió a los animales que huían y los guió lejos de su dirección prevista hacia ese terreno más alto que podría proporcionarle un santuario. Ellos respondieron, disminuyendo la velocidad cuando su voz ladró con confianza y autoridad y se las arregló para llevarlos a un pequeño barranco. Agarrando las riendas del caballo de plomo, lo detuvo con suavidad. Los demás los siguieron y pronto todos se pusieron de pie, resoplando de indignación pero, sin embargo, permitiéndose sucumbir a los tranquilizadores arrullos de Cole. Con suficiente calma, esperaron a que Cole se bajara de la silla y los tranquilizara aún más con suaves caricias y maullidos suaves. Le tomó más tiempo del que podía dedicar, pero mejor esto que perseguirlos sin cesar a través de la llanura abierta.

Primero alivió la carga de la mula más cercana y depositó los sacos en el suelo. Al abrirlos, miró dentro y silbó. No era de extrañar que la chica llamada Adeline se hubiera tomado el tiempo de traer todo esto con ella después de su ataque asesino. Junto con el chico, ella podría acumular un buen alijo.

Candelabros, de plata por lo que parecía, y copas de vino. Viejos, posiblemente oro. Un juego de campanas para la cena, hechas de latón, suspendidas, cuando se colocan in situ, sobre una rama hecha de oro puro. Un martillo acolchado, con el vástago hecho de azabache negro, completaba el conjunto. La colección completa parecía genuina a su ojo inexperto, pero sabía lo suficiente sobre antigüedades como para estimar que estaba contemplando artefactos por valor de varios miles de dólares.

Una vez que volvió a atar a los animales, juntó los sacos y los colocó en los confines del barranco. Levantando el Winchester, ascendió por la pared escarpada más cercana. Ya podía oír el distante golpeteo de los caballos. Se acercaban, como sabía que vendrían, y aceleró su ascenso, decidido a alcanzar un punto de ventaja antes de que estuvieran sobre él.

Trepando hacia un saliente, se acomodó y miró hacia el campo abierto. Contó varios caballos, pero su número exacto era difícil de calcular debido a las nubes de polvo oscuro que los envolvían. Entonces, esperó, colocándose de tal manera que le diera una línea de visión clara para cuándo comenzaría el tiroteo.

CAPÍTULO VEINTIDÓS

Adeline se paró junto al cadáver del niño y se tragó los sollozos que amenazaban con vencerla. No era así como ella quería que terminara. Sin embargo, sus lágrimas reprimidas no fueron por la pérdida de vidas, sino por su pérdida de ingresos. El maldito sinvergüenza que había cobrado tres vidas de la banda de Dull Blade ahora estaba desapareciendo rápidamente con su reñido botín.

"Lo traeremos de vuelta", dijo Dull Blade, acercándose a ella mientras tres de sus hombres galopaban en la distancia, gritando salvajemente. "Y cuando lo hagamos, le abriremos la barriga y alimentaremos con sus entrañas a los buitres".

"Mientras aun esté con vida".

"Mientras esté con vida". La tomó por los hombros y la giró para enfrentarlo.

Ella escudriñó sus rasgos fuertes, la boca cruel y esos ojos, tan claros y brillantes, que la habían cautivado por primera vez. "Debería haber tenido más cuidado", dijo.

"Sí", dijo. "Deberías".

"No tenía idea de que alguien más vendría alguna vez".

Dull Blade se volvió de reojo, concentrándose en el grupo

cada vez menor de jinetes que batían sus monturas a velocidades cada vez mayores. "Yo sí lo sabía. Sabía que vendría. Es diferente a otros hombres blancos. No se detiene".

"¿Cómo lo sabes? ¿Lo conoces?"

La miró de nuevo. "En la primera granja que encontramos. Él estuvo allí y mató a muchos de los nuestros. Demasiados. Pensé que podríamos superarlo, pero es como un hombre poseído. Él busca nuestras muertes". Sus ojos se entrecerraron. "Todos nosotros".

"No lo sabía".

"Eres tú quien lo trajo aquí. Eres tú quien no cubrió sus huellas lo suficientemente bien. Eres tú quien ha causado la muerte de los hombres buenos".

"Pero, ¿cómo podría yo...?"

Sin previo aviso, la golpeó con fuerza en la cara, un revés de tal fuerza que la hizo tambalearse hacia atrás. En una especie de aturdimiento ebrio, perdió el equilibrio y cayó al suelo, con sangre brotando de su nariz y boca. Ella yacía allí, apoyada en un codo, mirándolo mientras él estaba de pie, con las piernas separadas y el rostro contorsionado por la rabia. En un instante, sacó el cuchillo Bowie de hoja pesada del que derivó su apodo y dio un paso amenazante hacia ella.

Adeline, con la misma rapidez, sacó el Colt Pacificador escondido debajo de su abrigo y montó el martillo. A pesar de que su mano temblaba, a este rango no podía fallar.

Dull Blade se detuvo y se quedó boquiabierto. Luego, asombrosamente, echó la cabeza hacia atrás y soltó una carcajada. "¡Patética y débil chica! Te atreves a pensar que tienes la fuerza para apretar ese gatillo. No puedes matarme".

"Está claro que eso es lo que estás planeando para mí".

"No, una raya en tu hermoso rostro para que todos los que te miren sepan lo débil y estúpida que eres. Ahora", extendió la otra mano, "dame esa pistola y sométete a lo que debe ser".

Su mirada se dirigió a la parte delantera de sus pantalones y se dio cuenta de lo que quería decir. Lentamente bajó el arma.

"Ahí", dijo radiante, hinchando el pecho, seguro y excitado por su victoria, "sabía que no podías hacerlo. Me adoras".

Dio otro paso y Adeline levantó el Pacificador y le disparó tres balas rápidas.

CAPÍTULO VEINTITRÉS

Incapaz de conseguir una visión clara de los jinetes, Cole puso dos balas bien colocadas un par de pasos por delante del caballo líder. Sus rodillas se doblaron cuando el animal intentó alejarse, enviando al guerrero de espaldas por el aire. Cole le disparó en pleno vuelo. A su alrededor, sobrevino el pánico, con los caballos gritando y los jinetes luchando por salir del alcance. Era una escena loca y suicida, los hombres indignados por la pérdida de sus compatriotas, incapaces de reaccionar con la suficiente rapidez o sensatez. Cole derribó a un segundo con dos disparos en el pecho, luego bajó de su posición, los ojos fijos en el tercer asaltante que tropezaba en su desesperación por escapar.

Lanzando los brazos en un movimiento de aleteo, los caballos, ya bien asustados, se soltaron y corrieron, dejando nada más que polvo a su paso, y el último jinete, arrastrándose de espaldas, suplicando piedad.

Acercándose, Cole trajo el Winchester para soportar. Desesperadamente, el guerrero aterrorizado buscó a tientas la pistola de seis que tenía en el cinturón. Riendo, Cole pateó el revólver de la mano del hombre y salió inofensivamente fuera de su alcance. Sin una palabra, presionó con fuerza el cañón del Winchester contra la frente del hombre lloroso.

"Diles que vengo", dijo Cole con los dientes apretados. "Diles a todos, que vengo y no me detendré".

Sin atreverse a creer que su vida podría no terminar en ese momento, el hombre se puso de pie vacilante, con sus ojos salvajes mirando suplicantes a Cole.

"Haz lo que digo. Diles a todos, que vengo. Por el chico, por esas familias que ustedes mataron. Díselos".

Balbuceando incoherentemente, el hombre, moviendo la cabeza como si se le hubiera desprendido de la columna verte-bral, se dio la vuelta y echó a correr. Mientras lo hacía, balaba, "Si, si, les diré señor. *Usted es el que viene.* Se los diré". Balbu-ceando incoherentemente, el hombre, moviendo la cabeza como si se le hubiera desprendido de la columna vertebral, se dio la vuelta y echó a correr. Mientras lo hacía, balaba, "*Sí, sí,* les diré *señor.* Usted es el que viene. Se los diré".

Cole lo miró hasta que fue poco más que una ráfaga de polvo en esa gran e interminable inmensidad.

Dejando a los otros animales atados juntos a la sombra del barranco, Cole regresó a la vieja y rota ciudad, reduciendo la velo-cidad para caminar mientras llegaba a las afueras. Desmontó y dejó su caballo a cierta distancia, avanzando silenciosamente por las estrechas calles hacia la iglesia, con su Winchester listo. En su camino, pasó con cautela sobre los cuerpos muertos y ya hinchados de los merodeadores que había matado, junto con otro a quien él no había despachado. Estudió el suelo, vio las manchas secas de sangre, las señales de una salida apresurada y supuso que era la chica.

Acercándose a la puerta, apoyó el Winchester contra la pared y sacó su Colt. Usando el cañón, empujó la puerta para abrirla y se alejó, recordando muy bien lo que había sucedido en su último intento de entrar.

Esta vez no hubo tiros de bienvenida.

Esperó, contando sus respiraciones, luego se sumergió en el interior.

Como un sudario, la lúgubre oscuridad se envolvió a su alrededor. Desorientado, se tambaleó hacia adelante, se dobló y se golpeó las rodillas contra el banco más cercano. Gritó y se cayó, abrigándose contra la fría madera del largo y estrecho asiento de la iglesia. Maldijo y se frotó la rodilla, luego escuchó.

Nada.

Ningún sonido de movimiento, ni siquiera de respiración. La iglesia estaba vacía.

Aprovechó su oportunidad y se puso de pie. Formas sombrías acechaban dondequiera que mirara. Más bancos, altar, atril, pero ni rastro de ninguna persona. Avanzó arrastrándose y subió al presbiterio. Un rayo de luz se asomó por debajo de una puerta en el otro extremo y se acercó, la abrió y entró. Una ventana colgaba abierta en la pared opuesta de la sacristía y cuando Cole se acercó, sonó un solo disparo, lo que hizo que se estremeciera y se agachara. El disparo, sin embargo, vino de más allá de la pared y cuando echó un vistazo rápido afuera, vio la causa.

CAPÍTULO VEINTICUATRO

Adeline sabía que tenía que moverse rápido. Tres de ellos habían corrido tras el desconocido, pero dos más se quedaron detrás de la iglesia, ella pensó que tal vez ellos esperaban que ella escapara en la misma dirección que el desconocido. Dobló su camino hacia el otro lado de la iglesia, moviéndose con un paso fluido y suave.

Se acercó detrás de ellos mientras avanzaban de manera constante y cuidadosa hacia la primera calle estrecha adyacente a donde había dejado al niño. El chico que Dull Blade había matado sin piedad. Un desperdicio. Le gustaba el chico, se había acostumbrado a su compañía mientras cabalgaban por las llanuras. Nada de esto fue su culpa y no merecía que su vida terminara de esa manera.

Sin darse cuenta de su acercamiento, los dos merodeadores restantes se dirigieron hacia la calle. Sin ningún sentimiento de culpa, gentileza pasada de moda o grandes nociones de moralidad, vació su Colt en ambos, arrojándolos hacia adelante para aterrizar boca abajo y muertos en el suelo.

Adeline se puso de pie, con la mente en blanco, y miró fijamente. Finalmente, se movió y fue hacia los cuerpos, quitando las armas de fuego y las balas de repuesto. En cuclillas junto a ellos, vació el cilindro del Colt y lo recargó rápidamente. Sólo entonces miró hacia arriba y, mirando hacia la estrecha calle donde yacía Seb, pensó en su falta de caballo. Todo lo que podía esperar por ahora era que los demás hubieran matado al extraño y pronto traerían todo de regreso a la ciudad.

Sus esperanzas, sin embargo, pronto se vieron frustradas cuando escuchó una voz singular que gritaba a través del campo abierto.

"¡Él viene!" La voz gimió. *"¡Él viene!"*

Adeline frunció el ceño, se puso de pie, ladeó la cabeza y escuchó, tratando de calcular la dirección de la voz. Y quién era su dueño. Ciertamente, no era el extraño. La voz tenía el inconfundible acento del Comanche, a pesar de que gritaba en inglés. ¿Entonces, qué estaba pasando?

Apareció a la vista, desaliñado, exhausto, tropezando a cada pocos pasos que daba, como un ciego perdido y confundido. Rápidamente, comprobó la dirección por la que había venido y, al no ver nada, se acercó, lo agarró por la pechera y lo sacudió, regañándolo como si fuera un niño. "¿quién? ¿De qué estás hablando? ¿Y dónde están mis cosas, mi caballo?" Sin obtener respuesta, lo sacudió aún más violentamente hasta que, al borde de la desesperación, lo empujó con tal veneno que él cayó al suelo, maldiciéndola con palabras que ella entendía demasiado bien. Ella lo miró a los ojos aterrorizados y sacó su Pacificador. Echó hacia atrás el martillo y habló en un tono uniforme y decidido. "¿Dónde está mi caballo?"

"Me dijo que volviera aquí y te lo dijera. Que te dijera todo. Él viene". Un pensamiento repentino pareció tocarlo y miró a su alrededor, alarmado, con la boca temblorosa. "¿Dónde está Dull Blade? Él necesita saber".

"Parece que no obtendré nada sensato de ti..." Ella cerró un ojo, tomando una cuenta infalible en su presa retorcida.

El sonido de madera astillada la obligó a darse la vuelta y lo vio abriéndose paso a patadas por la puerta trasera de la sacristía. El mismo, sin duda, que había entrado a la fuerza en la iglesia. Fue una pena que sus balas hubiesen fallado entonces. Ella estaba decidida a que no se perdieran esta vez.

Aprovechando su oportunidad, el guerrero desesperado corrió hacia él, alejándose de ella lo más rápido que pudo, desviándose de izquierda a derecha mientras lo hacía.

Adeline maldijo, dio una vuelta y disparó una bala en la espalda del hombre que huía. Voló hacia adelante, con los brazos extendidos, haciendo un gruñido audible cuando golpeó el suelo.

"Alto ahí".

Ella sonrió, reconociendo su voz. Él era el único, el mismo intruso de antes. Bueno, era un idiota entonces, y seguía siendo un idiota.

Adeline sabía que era buena con un arma. Había crecido en un campamento, después de que la apartaron de su familia en una redada hacía más de veinte años y pasó casi todos los días de su adolescencia practicando. Su antiguo mentor, Weeping Wounds, le enseñó mucho, pero sobre todo le inculcó la determinación de sobrevivir. Cuando la mayoría de edad y los dólares vinieron a buscarla, su orgullo y autoafirmación le dieron la fuerza para rechazarlos a todos.

Hasta que apareció Dull Blade.

Pero Dull Blade la había tratado mal, empujándola para siempre a ser tan obediente como Weeping Wounds le decía que fuera independiente. Sucumbiendo a los blancos, mudándose a la reserva, nada había cambiado. Su vida resultó tan sofocante como siempre. Incluso cuando llegó la oportunidad de la libertad, y Dull Blade los sacó, convenciéndolos a todos en su banda de que tendrían que ser insensibles, moverse rápido y aprovechar todas las oportunidades que tuvieran. Matar era tan natural para él como respirar para todos los demás. Adeline, sin embargo, tenía sus propias ideas. Se puso en camino por su cuenta, se cruzó con esa familia y se llevó todo lo que tenían. Incluido el chico. Un chico tan dulce, pero Dull Blade lo mató, sin mostrar remordimiento. Ahora había otro aquí, otro que le había quitado, su medio para una nueva vida. Ella no podía dejar que eso se quedara así.

Se dio media vuelta en cuclillas, el Pacificador en su puño, listo para disparar una vez más.

CAPÍTULO VEINTICINCO

Atravesando la puerta, Cole hizo una mueca de nuevo cuando sonó el disparo, y el que había enviado corriendo para avisar de su llegada cayó como un peso de plomo al suelo. La chica con la pistola todavía humeante en la mano, se dio la vuelta y él le disparó en el brazo, haciendo que la pistola cayera por el aire mientras ella gritaba y se doblaba de rodillas. Balando y agarrándose la herida, ella lo miró mientras se acercaba. Reconoció el odio cuando lo vio, pero dudaba que alguna vez lo hubiera visto en un grado tal como lo que veía ahora en sus ojos.

"Mátame, gringo hijo de…"

"No estés tan impaciente por morir", gruñó, poniendo al Colt de Caballería al nivel de su cabeza. "¿Por qué lo hiciste? Una chica joven como tú. Hazme entender".

Ella sonrió. "¿Hacerte entender? ¿Cómo podrías entenderlo alguna vez? Eres un Hombre Blanco, un cobarde y un mentiroso. No entiendes *nada*".

"Quiero entender por qué mataste a esa gente. ¿Qué te hicieron?"

"Era lo que iban a hacer. Venir aquí, como tantas alimañas, traer enfermedades. Como siempre lo han hecho".

"¿Así que por eso los mataste? ¿Como una forma de venganza?"

"Nada tan simple. Los maté para hacer uso de ellos, para mi gente".

"¿Tu gente? Eres blanca, imbécil".

"Ah, sí, los insultos. ¿Cómo me llamarás después? ¿Puta? ¿Renegada? ¿*Asesina?*"

"Bueno, ese último encaja perfectamente. Los asesinaste y te llevaste ese chico. Sebastián. ¿Lo ibas a llevar de regreso a tu tribu, como pago?"

"Mi tribu está castrada y se sienta y muere en la reserva. No sabes nada de lo que hablas".

"Sé que estás retorcida por el odio ciego. Son ustedes los que no comprenden. Sí, te han mentido, traicionado, te han quitado todo, pero no todos queríamos eso. Esas personas querían compartir esta tierra, no tomarla".

"¿Y quieres que crea que podrías ser un hombre así, un hombre blanco honesto, que desea que vivamos en nuestra tierra, la tierra que nos has arrancado de los dedos?"

"Como digo, hay algunos entre nosotros que quieren la paz. No esta. Y no lo que le hiciste a esa familia. Por eso vas a pagar".

"Oh, ¿me dispararás ahora, a sangre fría? ¿Es así lo honorable que eres?"

"No. Te llevaré a juicio. Eso es lo que hago. No soy un asesino".

"Será mejor que me mates ahora mismo, porque eso es lo que te haré a la primera oportunidad que tenga".

Cole asintió, creyendo la verdad de sus palabras. A pesar de que sus entrañas se llenaron de rabia por lo que había hecho, sabía que nunca podría matarla así. Es cierto que podría salirse con la suya. No había nadie que disputara su historia de haberla matado mientras ella intentaba escapar, pero también sabía que solo una demostración pública de justicia serviría a la familia que había masacrado. Si iba a haber una matanza, entonces tenía que ser de la manera correcta.

Vio un movimiento en la periferia de su visión y se volvió para ver al indio que había dejado libre, de pie a una docena de pasos de distancia, con un rastro de sangre que le corría por el hombro y el propio Winchester de Cole en la mano.

"No", rugió Cole, levantando la mano, desesperado por frustrar lo que sabía que sucedería. Pero el indio estaba más allá de la disuasión. Apretó el gatillo y la bala se estrelló directamente en el cuello de Adeline.

Cole se arrodilló, se quitó el pañuelo y lo presionó contra la herida palpitante mientras la sangre brotaba. Ella se quedó flácida cuando él la sostuvo en sus brazos, un mero destello de vida bailando en sus rasgos.

Escuchó la palanca del Winchester engancharse.

"Debería matarte", dijo el indio con los dientes apretados. "Pero tú me dejas vivir, así que yo te dejaré vivir". Bajó la carabina y miró a la chica. "Pero ella es una loba loca, una asesina. Déjala desangrarse".

"Toma su caballo y vete", dijo Cole, sin creer en sus propias palabras. Se volvió una vez más hacia Adeline, acunándola en sus brazos, aplicando presión pero sabiendo que era inútil.

Cuando oyó que el indio se alejaba, los ojos enormes y abiertos de Adeline se clavaron en los suyos y, por un momento, su mente volvió, a ese día, hace apenas un año, cuando aprendió tanto sobre sí mismo.

CAPÍTULO VEINTISÉIS

S e había encontrado con Oso Pardo no lejos de los límites de la ciudad. El explorador Shoshone se sentó en una gran roca, cortando una ramita vieja. Cuando Cole acercó a su caballo, el indio miró hacia arriba. "Su rastro es fácil de seguir, como si quisiera que lo encontremos".

"Crees que es una trampa", dijo Cole, buscando en el horizonte cualquier señal de Burroughs. Una nube de polvo, una imagen, cualquier cosa.

"Podría ser. O tal vez no le importe".

"Entonces, ¿por qué escapar?"

Oso Pardo Bear se encogió de hombros. "Señor Roose, ¿no está él demasiado herido?"

"Vivirá, aunque no pude sacarle mucho con sentido. Alguien le dio un buen golpe en la cabeza, pero se recuperará. Me temo que no puedo decir lo mismo del capitán".

"El capitán no me importa tanto. Nos trató mal. Tú lo sabes".

"En un momento pensé que estaba confabulado con Burroughs. Todavía me preocupa cómo se las arregló el sargento para escapar y Spelling no".

"¿Crees que Burroughs tuvo ayuda?"

"Estoy seguro de ello".

"¿Pero de quién?"

Cole volvió a mirar hacia la ciudad. "Creo que lo sabremos muy pronto".

Ambos cabalgaron por la llanura, haciendo buen tiempo, el rastro tan obvio como el sol en el cielo. Burroughs, galopando, parecía estar escribiendo instrucciones para ellos en la tierra, pero ninguno de los exploradores disminuyó el galope de sus caballos. Solo cuando llegaron a las afueras de Rickman City se detuvieron y se sentaron, en silencio por unos momentos, mientras contemplaban el trazado de las calles desiertas.

"El camino no está tan claro ahora", dijo Oso Pardo que se agachó para investigar el terreno. "Muchos han viajado por aquí".

"Exploraremos alrededor. Tú tomas el extremo más cercano de la calle principal y yo me moveré desde el otro lado. Ten cuidado".

La cara de Oso Pardo se dividió en una amplia sonrisa. "Yo siempre lo tengo, señor Cole".

Los restos ruinosos de la ciudad eran muy parecidos a los que Cole recordaba de su visita anterior y, al regresar al granero donde estaba prisionero, le recordaba a Parrot. Por un momento, se permitió que algunos recuerdos fugaces se agitaran dentro de su cabeza hasta que, obligándose a volver a la tarea que tenía entre manos, continuó buscando.

No había señales de Burroughs entre los techos caídos y las paredes derrumbadas, solo los fantasmas de lo que una vez había sido una comunidad próspera acechando cada rincón oscuro y lúgubre. Camas, con las mantas echadas hacia atrás, las mesas puestas para la cena, otras con comida podrida pegada a platos rotos y polvorientos. Ropa bien guardada, juguetes de niños abandonados y rotos.

Al encontrarse de nuevo con Oso Pardo, Cole recibió exactamente la misma descripción de lo que también había descubierto el explorador Arapaho. Soltando un suspiro, Cole dijo: "Creo que sé dónde debe estar". Señaló hacia una cresta distante. La parte superior de un gran edificio se podía distinguir. Ellos partieron.

Moviéndose con mucha más cautela ahora, se acercaron a la mansión con las carabinas preparadas. Un solo caballo estaba atado afuera. Ambos hombres se detuvieron e instintivamente se arrodillaron. "Él está ahí", dijo Oso Pardo.

"Y su caballo es una invitación abierta a entrar".

"Si lo haces, te matará".

"Esa es su esperanza, creo".

"¿Entonces qué vas a hacer?"

"Darle una sorpresa".

Oso Pardo frunció el ceño. "¿Sorprenderlo? ¿Cómo lo harás?"

"Pasando directamente por la puerta principal".

Oso Pardo lo miró boquiabierto. "¿Estás loco?"

"¿Tienes un plan mejor?"

"Da la casualidad de que lo tengo".

Como ocurre con la mayoría de los edificios importantes en esa parte del país, la vieja casa de Rickman estaba hecha casi en su totalidad de madera. Al no haber recibido un buen mantenimiento a lo largo de los años, las planchas de madera se astillaron y se combaron en algunos lugares y la yesca se secó debido al calor extremo. Poniendo pedernal sobre acero, Oso Pardo encendió un montón de trapos secos y los colocó a lo largo de la base de la puerta principal. Haciendo una pausa solo para liberar al caballo y llevarlo a un lugar seguro, las llamas pronto se apoderaron y en cuestión de minutos, la puerta estaba en llamas.

A diez pasos de donde esperaba Cole, sonó un disparo desde lo alto del segundo piso y Oso Pardo cayó, la bala de gran calibre le atravesó el omóplato derecho. El caballo salió disparado y echó a correr, brincando ferozmente en su terror. Oso Pardo, gimiendo ruidosamente, se retorcía de dolor en el suelo mientras la sangre manaba por la parte de atrás de su camisa.

Moviéndose rápido, Cole lo agarró y lo arrastró lejos. Otra bala golpeó el suelo, a centímetros de donde estaban ambos hombres. Cole sacó su Colt y disparó varios tiros inútiles en la dirección general del balcón desde donde creía que se originaron. Sus acciones no sirvieron de mucho, ya que otro disparo alcanzó a Oso Pardo en la pantorrilla izquierda.

"Déjame", gimió el explorador, agitando su mano salvajemente, instando a Cole a moverse fuera de su alcance.

"No haré eso, viejo amigo. Nunca".

"Por favor. Encuentra algo para protegerte y desde allí podrás..." Cerró los ojos con fuerza mientras un estremecimiento de dolor lo recorría.

Mirando hacia la casa, y las llamas ahora saltando por el frente, Cole sabía que Burroughs tendría que escapar bastante pronto. Sin embargo, hasta que lo hizo, las posibilidades de ser alcanzado por otra bala eran altas. No había ningún refugio en esa área abierta que conducía a la entrada principal y la única oportunidad de Cole ahora era subirse a su caballo y retirarse.

"No te muevas, Cole".

Su rostro se enardeció. Caminando resueltamente hacia él, pistola en mano, Julia Rickman salió del costado del edificio. Su mandíbula cayó de la sorpresa.

"Te seguí todo el camino hasta aquí, pero estabas tan concentrado en encontrarlo que no pensaste en mirar hacia atrás. Fue cuando estabas buscando por la ciudad que vine aquí. Sabía que lo encontraría".

Un repentino rugido de madera que caía apartó sus ojos de ella. Chocando contra el suelo, brasas al rojo vivo explotando en el suelo compactado, y Burroughs apareció a través del humo ondulante, las mangas de la camisa arremangadas, los pantalones sucios de hollín y suciedad, sus ojos brillando con la máscara de su rostro ennegrecido. El fuego, habiendo consumido la puerta, se había apagado, permitiendo que Burroughs saliera ileso. Estaba sonriendo mientras avanzaba.

"Sabía que nos encontraríamos, tarde o temprano", dijo Burroughs, apuntando el inmenso Sharps hacia el explorador. "Parece que a tu amigo le vendría bien un poco de cariño".

Oso Pardo, retorciéndose en el suelo, hizo un patético agarre de su pistola enfundada. Burroughs, riendo de júbilo, lo apartó de las manos del explorador. "Creo que lo dejaré aquí para que muera. Tú también, Cole. No has sido más que un cuchillo en mi costado desde el día en que decidiste venir por mí. Bueno, todo eso terminó ahora. Julia y yo aquí, nos dirigiremos hacia México, venderemos los caballos, haremos un paquete ordenado. Oh, sí, los tengo. Todo está arreglado. El único nudo en todo ese pequeño y ordenado plan eras tú, llevándome a enfrentarme a un juicio. Pero Julia aquí me ayudó, detuvo al capitán en la cárcel, me puso en libertad. ¿Sorprendido?" Se rió de nuevo, disfrutando de su momento. "Lo teníamos todo resuelto desde el principio".

"Es cierto, Cole", dijo Julia, sonriendo. "Lo único que lamento fue haberle destrozado la cabeza al pobre Roose. Siempre me gustó".

"¿Entonces tú mataste a Phelps?"

"No, yo hice eso", dijo Burroughs. "Lo disfruté también. Siempre fue un inútil de boca harinosa. Quería una parte mayor de la que yo estaba dispuesto a dar. Claro, me ayudó al darme a Parrot, pero se volvió codicioso. Tenía que morir".

"Pero tú no mataste a Parrot, ¿verdad?" Miró a Julia. "Eso lo hiciste tú". Su rostro permaneció impasible. "¿Qué pasa con Nolan? ¿Estaba en la cárcel?"

"No, no, te equivocaste, Cole. No sé dónde está Nolan. Sin duda aparecerá. Entonces podré matarlo".

"Eres un verdadero encantador, ¿no es así, Burroughs?"

Una sonrisa, amplia y fea, fue la única respuesta.

"Entonces, es cierto", dijo Cole, negando con la cabeza. "Tú, Parrot, Rickman, Phelps y Spelling estuvieron juntos desde el principio..." Volvió la cara hacia Julia. "¿Incluso tú?"

"No al principio. Después de que maté a mi esposo, hice un trato con el buen sargento aquí". Se rió de las cejas arqueadas de Cole. "¿Qué esperabas? Nunca iba a compartir nada del dinero conmigo. Así que... Hice mi movimiento".

"Y acepté de inmediato", agregó Burroughs.

"Nuestra mayor preocupación eras tú, Reuben. Ambos

sabíamos que nunca pararías, que seguirías viniendo, así que te atrajimos hacia aquí y viniste, tal como sabíamos que lo harías, como un cachorrito corriendo a la llamada de su amo".

Cole calculó las posibilidades de que él tirara de su Colt, disparándoles a ambos antes de que lograran dispararle. Sabía que era imposible, pero también sabía que al menos podía humillar a Burroughs. Eso valdría la pena. Todo lo que necesitaba era una pequeña distracción para obtener ventaja. Asintió con la cabeza hacia Burroughs. "Pero me dijiste que lo odiabas por lo que había hecho. Que era culpa suya que lo hubieras perdido todo".

"Sí, sí lo hice".

"Ella nunca me culpó, Cole", dijo Burroughs, el Sharps en sus manos cada vez más pesado. Cole pudo verlo cuando Burroughs bajó el rifle grande. "Cuando acudí a ella con los planes, estuvo de acuerdo. Después de la forma en que la habían tratado, ¿cómo podría no hacerlo?"

"Los había matado a todos", dijo, sacudiendo la cabeza y palideciendo. "Nunca creí que podría empezar de nuevo".

"No hasta que vine a ti, mi amor".

"No hasta que viniste a mí, eso es correcto". Ella sonrió al sargento. "Fue como una señal del cielo de que todo lo que había hecho valiera la pena".

"Será. Tan pronto como hayamos vendido esos caballos, podemos comprarnos un pequeño rancho y hacernos una vida cómoda. Tú y yo. Juntos. Suena bien, ¿eh, Cole?"

"Suena encantador", dijo Julia antes de volver la cabeza para mirarlo. "Excepto que no habrá un tú y yo".

El ceño fruncido de Burroughs ardía tan profundamente que Cole pensó que el sargento podría abrirle el cráneo.

Ella le disparó en la cabeza y él cayó sin hacer ruido. Rápidamente, apuntó con el arma a Cole antes de que tuviera la oportunidad de recuperarse del impacto y sacar su propio Colt.

"No se vea tan sorprendido, señor Cole, le dije que quería verlo muerto".

"Pero..." Cole miró del cadáver de Burroughs a ella, reinando la confusión. "¿Qué?"

"Vaya a ver a su amigo", dijo. "Hay muchas medicinas y cosas por el estilo en la parte trasera de la letrina". Señaló hacia un área detrás de la mansión Rickman. "En cuanto a mí, no quiero volver a ver este lugar nunca más". Ella soltó un suspiro largo y persistente. "¿Me va a detener? ¿Dejarme ser juzgada?"

Se puso de pie y apretó el pulgar y el dedo en sus ojos. "No pretendo entender qué le motivó a hacer todo esto, pero Burroughs se lo esperaba. Lo ayudó a escapar para poder matarlo con sus propias manos". Sacudió la cabeza, la tristeza brotó dentro de él. "¿Se siente mejor?"

"No creo que esa sea la palabra que usaría, señor Cole. Nunca podré sentirme mejor, pero al menos tendré esos caballos. Los tomaré y los venderé, empezaré de nuevo. A menos que esté pensando en detenerme".

"No estoy tan seguro de que lo haga..."

"Bien entonces".

Cole asintió una vez. "Bien entonces. Supongo que seguiré mi camino".

CAPÍTULO VEINTISIETE

1875, el presente

Adeline gimió, moviéndose en sus brazos. "Estás a millas de distancia", dijo.

Parpadeando, volviendo al presente, Cole miró el rostro de Adeline. "No vas a lograrlo".

"No. Eso lo sé. ¿Complacido?"

"Algo".

"Pensé que así era", dijo y sonrió.

La sintió más pesada en sus brazos y supo que el final se acercaba. "No deberías haber hecho lo que hiciste. Esa familia, ellos merecen justicia".

"Eres tan alto y poderoso. La forma en que dejaste ir a ese renegado. Él le contará a todo el mundo sobre ti".

"Es posible que sea así".

"Y esa familia. ¿Qué tipo de justicia? ¿Verme colgar desde el cielo?"

"Algo como eso".

"Apuesto a que es mejor que dejarme desangrar aquí bajo el sol".

Levantó la vista y suspiró, ya no estaba seguro de qué era la justicia o cómo se podía hacer. "Una cosa es segura, ya no haré esto".

"¿Ah, de verdad? ¿Por qué no?"

Su voz sonaba débil, su respiración entrecortada, algo como clavos de hierro repiqueteando en su pecho. "He tenido demasiado de eso". Respondió Cole.

"Triste manera de terminar, me abrazas mientras yo muero".

Antes de que pudiera reaccionar, ella se abalanzó sobre su Colt de Caballería enfundado. Él trató de voltearse, agarrar su mano, desviar la bala, pero era demasiado tarde. En un instante, se puso el cañón debajo de la barbilla y expulsó lo que quedaba de su vida por la parte posterior de su cráneo.

La enterró en un lugar apartado, con el niño al lado. No les dio ningún marcador. Los otros cuerpos los dejó blanqueados e hinchados al sol. No le importaban nada. Quizás le importaba poco Adeline, pero es posible Sebastián había sentido algo por ella. Al menos, eso es lo que Cole quería creer mientras se alejaba tranquila y lentamente con los caballos y las mulas atadas detrás de él.

Fue un viaje largo y solitario, durante el cual hizo todo lo posible por no pensar en nada.

Fin

Querido lector,

Esperamos que hayas disfrutado leyendo *El Cazador*. Tómese un momento para dejar una reseña, incluso si es breve. Tu opinión es importante para nosotros.

Atentamente,

Stuart G. Yates y el equipo de Next Chapter

El Cazador
ISBN: 978-4-86750-142-9

Publicado por
Next Chapter
1-60-20 Minami-Otsuka
170-0005 Toshima-Ku, Tokyo
+818035793528

5 Junio 2021

CPSIA information can be obtained
at www.ICGtesting.com
Printed in the USA
BVHW070810160621
609629BV00007B/703